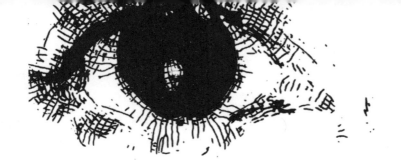

UM
ÁLBUM
PARA
LADY
LAET

UM ÁLBUM PARA LADY LAET

JOSÉ LUIZ PASSOS

ALFAGUARA

Copyright © 2022 by José Luiz Passos

Grafia atualizada segundo o Acordo Ortográfico da Língua Portuguesa de 1990, que entrou em vigor no Brasil em 2009.

Capa
Alceu Chiesorin Nunes

Ilustrações de capa e miolo
José Luiz Passos

Preparação
Leny Cordeiro

Revisão
Marise Leal
Aminah Haman

Os personagens e as situações desta obra são reais apenas no universo da ficção; não se referem a pessoas e fatos concretos, e não emitem opinião sobre eles.

A canção "Música barata" é um trecho do poema homônimo de Carlos Drummond de Andrade.

Dados Internacionais de Catalogação na Publicação (CIP)
(Câmara Brasileira do Livro, SP, Brasil)

Passos, José Luiz
    Um álbum para Lady Laet / José Luiz Passos. —
1ª ed. — Rio de Janeiro : Alfaguara, 2022.

    ISBN 978-85-5652-144-6

    1. Romance brasileiro I. Título.

22-112047   CDD-B869.3

Índice para catálogo sistemático:
1. Romances : Literatura brasileira   B869.3

Eliete Marques da Silva – Bibliotecária – CRB-8/9380

[2022]
Todos os direitos desta edição reservados à
EDITORA SCHWARCZ S.A.
Praça Floriano, 19, sala 3001 — Cinelândia
20031-050 — Rio de Janeiro — RJ
Telefone: (21) 3993-7510
www.companhiadasletras.com.br
www.blogdacompanhia.com.br
facebook.com/editora.alfaguara
instagram.com/editora_alfaguara
twitter.com/alfaguara_br

para Larry, 1935-2019,
que me pediu uma história com figuras mas eu não entendia,
e
para a pequena Ceci

*Não me esqueço jamais daquele
fantástico velhote espanhol, Pablo Casals,
que uma vez tocou violoncelo na tevê.
Quando acabou um trechinho de Bach,
foi entrevistado por uma garota americana.*

"Toda vez que você toca isso, é diferente", ela disse.

*"E deve mesmo ser diferente", Casals respondeu.
"Como ia ser de outra forma? A natureza é assim. E a gente é natureza."*

Billie Holiday

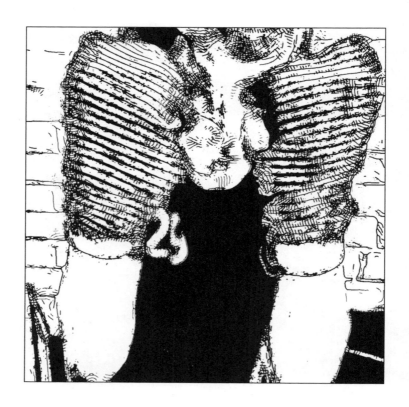

Nas minhas largas cicatrizes, como guelras embaixo dos mamilos ou o risco das costelas de Adão, parecendo luas de cornos para cima, foi aí onde focaram em mim quando tiraram a fotografia. No espelho, o pomo da garganta, a barba desalinhada na direção certa, é assim que me sinto. Numa entrevista, Abuelita tinha dito assim, "Paola sempre foi homem, mas Paola-Pila, quer dizer, 'Pablo', nunca tinha nascido homem". Abro um riso quando penso em Abuelita dizendo meus nomes. A verdade é que nunca conheci o meu pai. E eu, antes, coiote arredia, Paola tímida, brigona, sozinha mesmo com ajuda de avó, fui me operar em Chicago, onde acordei dolorido e novo, curioso. De qualquer forma, a mesma alcunha de ringue me servia. "Pila Coyote".

"El" Pila Coyote, "La" Pila Coyote, que me importa? De presente de Natal, Abuelita me deu uma carteirinha da academia de boxe. Bob Luna me treinou. Mas desde a transformação que não nos falamos. Um namorado meu tinha dito, "Paola, você ama feito homem". Na verdade, queria dizer "Você ama rápido, Pila, calada", e fiquei um tempo com isso na cabeça. Realmente, não dou aten-

ção a provocações. "Sereia do lago Michigan", "Sereia do rio LA", talvez eu vá e tatue isso mesmo. Antes da luta, qualquer apelido é como um soco que se perde no ar. Durante o tratamento, uma volta no rio era uma maratona, me sentia péssimo. Preparei a transição tomando o coquetel, me operei no ano seguinte. Antes, fiz a prova física para a equipe olímpica feminina, mas uma lesão boba me deixou de fora.

Em setembro do mesmo ano comecei com os hormônios. Nos cinco meses seguintes ganhei quinze quilos, cresceu a barba, a voz engrossou. Fui tirar os seios e fazer a modelagem do peito em San Francisco. Agora sou masculina. Depois, por ironia, um deles, em Chicago, saiu do ringue quando soube que ia lutar com uma pessoa feito eu. Dois outros desistiram antes de marcarem a data. Chicago importa muito. Armaram um primeiro ringue em 1885, na pista do velho autódromo. Era o começo dos torneios naquela cidade. Já os de LA, não se sabe quando começaram.

No princípio de tudo, na famosa luta da Longa Contagem, Gene Tunney, O Belo, rodeava o gigante Jack Dempsey, e a cada soco que levava Gene dava dois passos de lado, fazendo seu carrossel. No quarto round, Jack pegou um gancho de esquerda e partiu a mandíbula de

Gene. Era 1927. Apoiado num joelho, Gene foi à lona com a boca transformada. Levantou-se quando ouviu "Nove!..." a menos de um segundo da derrota. Voltou com paciência, fez seu carrossel e venceu no último minuto, unanimemente, por soma de pontos.

Bastante em segredo, o grande Muhammad Ali esteve em Chicago no final dos anos 1950, ainda adolescente, com o próprio nome de Cassius Clay. Foi competir no Luvas de Ouro. Antes de ganhar o campeonato de 1964, comprou um ônibus e levou para casa, no Kentucky, onde seu pai, um pintor de placas, coloriu a carroceria de vermelho, amarelo, laranja, verde e azul. A placa dizia assim, "O lutador mais colorido do mundo é Cassius Clay". Muhammad Ali não foi servir no Vietnã. Anularam seu título nacional e ele acabou indo passar um tempo lá mesmo, num bairro simples, em Chicago.

Só em 1994 o campeonato Luvas de Ouro, do Chicago Tribune, abriu inscrições para mulheres. Mas, de fato, não me importava. Contra elas, nunca quis competir. A minha estreia masculina foi no cassino Fantasy, em Palm Springs, na Califórnia. Falei assim, "Mereço a chance de lutar contra homens, eu mesmo, como qualquer outro homem", e soaram as vaias. No intervalo, fui comprar um saco de batatas fritas e uma limonada.

Subi no ringue para o quarto round. Venci no dia 4 do mês. Era como se finalmente tivesse saído meu número. A primeira profissional foi contra um mexicano, Aguilar, em LA. E ganhei. Os próprios mexicanos adoraram Pablo, El "Pila" Coyote, eu, o seu novo homem do outro lado da fronteira.

Então, meu sonho olímpico morreu quando Paola morreu, eu disse isso à repórter e dei uma risada. "O mundo gira, não gira? Carrossel." Ela não entendeu nada. Depois dessa primeira como lutador masculino, anunciei num carro de som, "A vitória de ontem não foi vitória minha, foi do boxe". Logo depois, adotei um galo de briga e, na hora, tirei o bicho das rinhas. Não sinto falta nenhuma da época de Paola, La Coyote, nem dentro nem fora da lona. Foi o que repeti, "Paola 'Pila' ficou pra trás. Foi-se como um remoto primeiro round depois do nocaute de agora. Virou borboleta".

Assim disse a rainha Vitória, da Inglaterra, "Conhece-se um Império pelos seus jardins, um Império apenas pelos seus rios e os ramos de seu serviço postal". Já tem figurinhas comigo correndo à beira do rio Los Angeles, de pé no ringue, aceso em cores num parque de diversões, diante do píer de Santa Monica. Mas meu horizonte mais próximo ainda é o deserto. Não pensem que o de-

serto é o oposto do rio, pelo contrário. Perto de casa, ele vai e vem. No inverno, volta com força. No verão, some. E só então chegam as pombas.

Os maratonistas passam com pressa, me deixam para trás. Também estou aqui por causa do rio. Corro seu curso e, quando não há gente por perto, dou socos no ar. De ambos os lados, há paredes em malhas de arame e, ali dentro, os paralelepípedos formam margens refeitas. O resultado, à tarde, às vezes cintila. Uma única vez vi um seio, o seio, à beira do rio. "Los Angeles is here because of the river." *Pavimentaram o rio LA em 1960. À beira, agora temos pistas de corrida e ciclovias. Seu curso, desviado, chega espremido por dutos, raso, arrastando cadeiras, alguns peixes, brinquedos de outras eras. Todo ano tiram o capim enramado pelas grades de contenção, todo ano ele volta, feito carrossel. Olha a lição. Admiro grama e grades como essas, que diante do rio imitam o mar, como a criança que teima em brincar de suas próprias transformações.*

Só então conheci Lucineide. E ela me mostrou o Brasil. O Brasil é forte no boxe, tem o jiu-jítsu, que até os marines *praticam. Fico feliz em apresentar este book trailer do livro dela, um lindo livro sobre sua mãe cantora, e fazer isso como ela própria me pediu que fizesse, contando um pouco da* minha *história. Somos todos matéria de uma mesma passagem, nas variações que nos são dadas viver. Mudei muito, e Lu mudou também, nós dois ouvindo canções que vêm de longe, muitas delas tatuadas de passado. Não dizem que as sereias cantam? Na palmeira de casa vejo um farol, e no chão meus pés em vaivém, carrossel, casco de meu próprio corpo, novo navio. Então, parabéns, Lu, você conseguiu. Quanto a mim, venci, eu mesmo me venci. Eu, a minha oponente. Ouvia à volta a plateia gritando, de pé, com os braços erguidos nas arquibancadas,* ¡Pila Coyote!... ¡El Coyote!... *Venci porque conheço o boxe. E no boxe tem muito de rio, carrossel e arco-íris.*

Na fotografia de minha mãe que mais me incomoda, ela está estirada no colo de quatro homens sentados num sofá branco. Minha mãe traja vestido goiaba, ou salmão, com sapatos de salto. Tem a perna cruzada por cima dum joelho. A barra da roupa subiu um pouco mais e lhe aparece um pedaço das coxas. Não há nenhum lance de roupa íntima nem nada do gênero, mesmo assim a imagem me incomoda. Foi Saboia quem me trouxe a novidade num envelope de papel kraft, que ele próprio começou a abrir, depois de esfregar as mãos na calça, então, de cara grave, sorrindo seco para sua oferta, veio para cima de mim, Como vai, hein, Lucineide? Levantou a foto na ponta dos dedos, diante do nariz, feito um véu por baixo dos olhos estrelados, aguardando que eu fizesse o reconhecimento da imagem... Fiquei parada, ouvindo o eco da pergunta vazia. Saboia abriu o riso, Menina, essa foto é genial, *muito* genial, do cacete, ele disse. Vamos usar? Na hora, respondi que não. Saboia insistiu que hoje qualquer livro com foto vende mais, mesmo que seja só uma, porque a imagem tem esse apelo, faz as pessoas imaginarem, elas querem ver mais, ouvir mais, comprar mais, As pessoas, quando veem uma foto, ele disse. Acontece que penso diferente. No meu entender a história de minha mãe não depende das fotografias que ela tirou, menos ainda das que circulam por aí, com ela presa ou no palco.

Saboia saiu dizendo que eu não tinha visão, era cega para essa mina de ouro que ele me dava de mão beijada. Foi-se embora chateado com minha cegueira, falou que já tinha visto livro pintado à mão, com encarte de CD ou código, para que o celular toque a trilha, e até livro com capa piscando em neon, e eu fazia questão duma merda de xerox com as pernas de Lady Laet para cima, por quê? Logo eu? Ele não entendia... Daí baixou um silêncio, o apartamento mergulhou na tardinha, dava para ouvir os vizinhos, a rua, os cachorros, que por ali quase não latiam. Perguntei o que ele queria escutar, ou tomar, para ficar okay, e Saboia fez uma careta de contente, quis saber o que tinha na geladeira nova. Tem as vodcas da festa, eu disse. Ele acabou tomando meia garrafa, muito à vontade, com gelo, a goles largos, e a bebida empacou a conversa na amolação de sempre, Sua coleguinha fofa volta a que horas? Falei para ele que assim não. Estou cansada, querido, você me faz o favor? Levantei e fui até a porta, A gente se vê mais tarde, vamos marcar um café, eu disse, escorada na maçaneta, e, quando ia saindo, Saboia repetiu que minha visão era nula, abanou e bateu a foto contra a palma da mão, que Isto aqui é ouro em papel, Lu, ele falou, pois já tinha e-book musicado, piscando, até livro-celular que canta e responde ao dono, e eu não queria uma fotozinha de álbum? *Uma*, putz...

Segui calada diante do hall abafado, fixada no olho mágico que só me lembrava o Brasil. Ele tinha sido minha primeira visita, justo Saboia, a me estrear o novo arranjo, vazando pela fresta a imagem ao mesmo tempo espremida e maçante de minha "subida" na vida. Vi meu amigo chegar e, depois, sair pelo mesmo furo de vidro fosco, ele parado checando as chamadas e a hora no celular, apalpando os bolsos, buscando a chave da sucata vermelho-carne, e quando afinal foi-se embora me deu de novo um alívio de estar ali entre caixas por desempacotar, sozinha, de luzes apagadas, ouvindo o trânsito na 405 e vendo a tardinha de Los Angeles desfiar o calor em sombras alaranjadas e vermelhas. Até que, afinal, a saleta implodiu num ruído surdo, mergulhada em lilás. Adoro essa hora.

Botei uma música e acendi a luz da cozinha. Fui ver direito os presentes de grego que ele havia me trazido.

Os homens na foto de que Saboia tanto gosta foram importantes para minha mãe, ela conhecia cada um deles muito bem. Talvez por isso sua expressão seja tão boba, uma mão apoiada na perna do tipo magro e a outra jogada para trás, por cima da cabeça, rindo de lábios apertados. Hoje, se fosse filmar um mero comercial, com certeza iriam lhe pedir Alegria, amiga, sorria mais, é. *Abrindo* mesmo... ou algo assim. Mas nem imagino a grande Neide Laet fazendo isso. Saboia disse que minha mãe era totalmente anticomercial, e que, justo aí, estava a força dela e, também, o interesse de meu livro.

As canções que minha mãe cantava não eram baladas adolescentes, de amor perdido, incompreendido, impossível, ou da morte chegada antes da hora, são histórias de gente buscando rumo, tramando uma saída juntos, acreditando no que, às vezes, não passava de ouro de tolo e, assim mesmo, sem perder a fé, buscavam outra rota na companhia de gente diferente. Novos amigos ou novos amantes de olho numa segunda vida. As melhores canções de Neide Laet começam com "Descendo a ladeira", minha preferida entre as primeiras. E o resto, como diz a própria letra, *Veio vindo. Porque vinha pelo meio.* Num de seus últimos shows, dizem que ela de repente parou, foi sentar na primeira fila e passou a ouvir outra banda fazendo um cover, um longo cover, das músicas que ela própria costumava interpretar, e o cantor ia a uma oitava acima da voz, praticamente em falsete. *Na maioria é puro rumor. O que julgavas razão. É temperamento o que parecia virtude. É enfermidade o que dizias engano.* A grande Neide se emocionou, disseram, ouvindo trechos duma carreira que, dali para trás, passava dos trinta anos. E qual o nome da banda? Saboia não soube dizer, falou que não lembrava mais, que não era importante. Mas ela não tinha se emocionado ouvindo os rapazes? Como, então, que não era importante?

Na foto de que Saboia tanto gosta, as mangas do vestido salmão e o penteado não deixam dúvidas, é a década morta com suas cores vibrantes, anos de rosa-choque, amarelo e preto, cabelos armados, ombreiras, calças largas, pregas, muitas pregas, jaqueta curta com luvinhas brancas e, de vez em quando, uma boina ou chapéu de feltro pendendo de lado. Por que os homens no sofá não se vestem com o mesmo apuro? Neide parece vir de uma festa, e eles, da praia. Um, inclusive, usa óculos de sol, outro traja camiseta cavada verde-limão, refeita a tesouradas. Minha amiga Hani Kalfayan disse que, quanto aos penteados desses homens, eram uma verdadeira salada de épocas, por eles apenas não se poderia datar a foto. Hani contou que foi visitar a outra família de seu pai uma única vez, cinco anos atrás, quando ela ainda morava com o irmão menor. Foram a Beirute conhecer a mulher com quem o pai teve mais três filhos. Ela disse que, uma vez lá, se sentiu estranha e, às vezes, até péssima, tudo era diferente, velho, mais queimado de sol do que em Los Angeles, de onde ela é. E todos olhavam demais para o casalzinho que o pai tinha feito na Califórnia. Hani tem cabelos escuros, cacheados e longos, a pele é clara. Gosta de falar alto, mexendo as mãos. Plus, I'm such a freak, ela dizia, porque se achava esquisita, de tão alta. Deveria ter sido jogadora de basquete ou tiradora de coco, brinquei, mas ela não entendeu. Mesmo assim, foi Hani quem mais me deu força quando comecei o livro sobre a minha mãe.

Estávamos nos mudando para o quarto e sala e ela adivinhou minha conversa com Saboia, a respeito de se seria difícil demais, para mim, que conheci Neide Laet tão pouco, escrever sobre suas canções. Hani disse que eu escrevesse, e logo, pois olha o caso dela. Até essa sua viagem a Beirute, rumo às origens do pai, tinha vivido uma vida completamente normal, sem jamais pensar no passado.

Cansada da nova mudança, eu poderia, sim, ter ido procurar naquele mesmo dia alguma coisa sobre Lady Laet, ou pelo menos tomar umas notas, depois do que Saboia falou, falou e saiu, e voltei a ficar em paz, de porta fechada. Poderia buscar casos na internet, ligar para a gorda da Daisy, ver se ela me arranjava outro bico, ou cozinhar para o resto da semana, agora já com tudo novo, para quando Hani voltasse. Mas não tive vontade de fazer mais nada. Apanhei o CD player com os fones de ouvido e meio copo de vinho. Baixei as persianas e botei o aparelho para tocar, ele lembrava exatamente o ponto em que eu tinha parado. Saboia disse que essas séries de audiobooks deveriam se chamar sopa de dormir, e não *Soap on a CD*.

Maior merda do mundo, Lucineide, mas deixe tocando até depois de pegar no sono, assim você acaba falando direitinho, feito os ingleses... E parou, com ar de inteligência. Ou então fica muda de vez! Ele disse, e soltou uma gargalhada, jogando o nariz para cima. Também mostrei um dedo para cima, na cara dele. Vá se foder, Saboia, eu disse. Mesmo assim, aceitei o discman com os quatro CDs que meu amigo ia jogar no lixo, mas antes de jogar, segundo ele próprio, tinha não sei por que pensado em mim.

Soaram os violinos que tocam na pausa dos episódios da novela e não houve mais diálogo entre o casal chique, dentro da gravação que recebi de herança. Tinha cochilado já no começo, estirada no sofá-cama, com o fone me apertando as orelhas. A melodia me acordou e trouxe de volta o medo de sempre, que alguém me perguntasse qualquer coisa que eu não entendia, *paper* ou *plastic* na fila do supermercado, por exemplo. Levantei com a impressão de que desse jeito, num lugar novo, e mais só, não ia conseguir pegar num sono profundo nem sequer embalada pela história nos cds de Saboia.

Fui até a janela abrir as persianas e me bateu outra vez a angústia de não reconhecer a vizinhança, a saleta dava para a rua de trás, o céu parecia um teto de tenda de circo, cinza opaco, salpicado de uns poucos furinhos que chispavam sem força. Lembrei das vezes em que ficava com as meninas sentada na marina, à noitinha, em Santa Monica, no começo de tudo, olhando os navios e lanchas pontilhando ao longe um horizonte cego, no fim do mar, no escuro do Pacífico, a água ainda mais apagada que o céu. Os turistas passavam de mãos dadas, trajando saia, bermudão, buscando cerveja e pizza, reclamando do preço dos estacionamentos. Irina e Anju às vezes brincavam de dar bola aos rapazes que andavam por ali com suas noivas, ou noivos, e numa dessas a reclamação chegou a Daisy. Depois Irina apareceu de braço queimado, por trás, embaixo do cotovelo, queimadura de cigarro.

Pensando nisso, me deu raiva e vontade de fumar. Botei a cara para fora da janela e respirei fundo o subúrbio onde fui me meter. O ar estava mais fresco. Adiante, a 405 rugia baixinho, acesa pelos faróis em amarelo e vermelho nas vias de mão e contramão. Dava para ouvir, como numa memória chata, os helicópteros pairando por cima da minha cabeça.

Era raro minha conversa com as meninas ser coisa mais séria, já com Hani, depois de saber da história de seu pai, deixei de lado meu pé-atrás. No dia em que ela me contou isso, tínhamos ido parar na frente do mármore com o nome de Marilyn Monroe. Deixei na jarrinha uma flor que pegamos no caminho. As estrangeiras acabavam saindo juntas ou morando umas com as outras, em quitinetes com três, quatro ou cinco de nós amontoadas, aguardando Daisy ligar com as propostas do dia. Hostess, photo shoot, serviço de intérprete e companhia para embelezar hall, salão de festas, feira de games, o que fosse. Quando me via com Hani, Daisy às vezes comentava, apontando, Olha aí as espertas, ou então, Alô gente viajada! Mas em inglês, claro. O nome de Daisy não é *Daisy*, ninguém sabia qual era. De vez em quando ela ligava no meio da noite, querendo marcar alguma coisa com Hani já para o dia seguinte. Se fosse comigo toparia sempre, até ali só tinha feito uma vez o píer de Santa Monica e o observatório do Griffith Park, ou o prédio dos Bombeiros, na Sunset Boulevard, e quando não tínhamos nada marcado, nem Daisy ligava, Hani ia comigo ao Memorial Park, onde enterraram a superloura. O sonho de Hani era ser antropóloga, foi o que ela própria me disse, diante da paredinha de Marilyn. Já o meu, na época não sabia qual era, talvez fosse mesmo voltar para São Paulo ou escrever o livro sobre a carreira de Neide Laet, o que segundo Saboia vinha a dar no mesmo. Hani conheceu Saboia num bico que fizemos no píer, ele grudou nela o tempo todo, e fez mal, pois não tinha mais idade nem saúde para isso. Disse a ele que, se a chata da Daisy ficasse sabendo dessa encostada de pobre em Hani, era eu quem estava frita. No caminho de volta tentei contar a ela um pouco do livro sobre a minha mãe e comentei as tiradas de meu amigo. Saboia, hum… Old man likes Hani, yes? Fiz assim e apontei com dois dedos dos meus olhos para os dela, tipo de-olho-em-você. Hani parece que me entendeu, virou a bolsa para o meu lado e abriu o fecho, mostrando o que tinha ali dentro. Spray de pimenta, e dos grandes. Rimos feito duas bêbadas.

No começo, meu trajeto entre a casa e o cemitério não era longo, dividíamos com as meninas um apartamento perto da praia, mas isso, como falei, antes do quarto e sala só nosso, num subúrbio mais para dentro de LA, longe do mar. Pegava o ônibus até a universidade e saltava numa avenida que ia parar em

Beverly Hills, e fazia o trecho calada, ouvindo as estudantes cacarejar. Numa dessas, Hani me mostrou uma ponta de hospital em que a pessoa chega de helicóptero e é capaz de pagar essa conta, e entre os edifícios havia anúncios dos filmes novos, então apontei para um, Uau, big outdoor, há? Já tínhamos visto o trailer, e Hani riu esquisita, rá, mas o filme não era de comédia. Ela achou engraçada a palavra que usei. Foram vários minutos de adivinhações até eu entender a razão, A fucking billboard, so what? Outdoor, em inglês, é billboard. Pelo jeito outdoor, *outdoor*, era apenas estar fora de casa.

O filme é a história de um pai que sai atrás da filha sequestrada por gente esquisita, e na confusão ele vira lobo. O lobo anda nos dois pés, como gente, e nas patas das mãos tem garras metálicas para se defender de bandidos de preto, disparando metralhadoras na sua direção. Esse pai corre rápido, consegue ultrapassar um carro esporte e saltar do topo de um prédio a outro, por cima das avenidas, e era justamente o que mostrava o anúncio em que ele aparecia se esticando num pulo para fora de seu billboard, com metade do corpo descolado da moldura. Lembrei das histórias de lobisomem que ouvi de minha avó e das amigas, na Consolação. Soou na cabeça o cover que Lady Laet fazia de "Lobo bobo". *Lobo canta, pede. Promete tudo, até amor. E diz que fraco de lobo. É ver um chapeuzinho de maiô.* Era das preferidas de Saboia. Mas já tinha dito a ele que achava essa muitíssimo sem graça.

Da larga avenida ao Memorial Park eram poucas quadras, eu ia com a canção na cabeça quando começamos a descer uma rua estreita, rodeada de casas que exalavam o silêncio das calçadas sombreadas. Os jardins eram pequenos e de grama rente, com potes ou nichos de roseiras, magnólias, cactos e suculentas coloridas, palmeirinhas baixas, viçosas, em jarras do tamanho de uma criança. Tudo impecável, ninguém na rua, os casarões não tinham muro nem portão, davam direto para fora. Se quisesse, o carteiro poderia bater à porta e esperar pela dona. De repente, Hani falou que eu andasse mais rápido, que ela estava com fome, ia querer almoçar dali a pouco. Atravessamos a rua, passamos por um portão alto, de grades pintadas de preto e pontas com flechas douradas, e estávamos no Memorial Park, o cemitério era bem menor do que eu imaginava. Dava para ver o lote inteiro, de um lado a outro, do canto por onde entramos, diante de três vigias que nos olhavam com tédio. Parei admirando a cena, aguardando que Hani falasse por mim, Marilyn's crypt, please? Parecia piada de mau gosto, O sarcófago da estrela? It's right over there, honey, e a mulher da segurança apontou para dentro.

Marilyn estava ao fundo, na parte coberta onde tinha um paredão dividido em seções com gavetas e urnas funerárias, segui para lá de coração aos saltos. Hani preferia passar o tempo dela indo atrás dos outros, tinha gente que só fui conhecer depois. Era uma terça, o lugar quase não recebia visitas àquela hora, e ali estavam Frank Zappa, Roy Orbison, Gene Kelly, Zsa Zsa Gabor, Burt Lancaster, Billy Wilder, Natalie Wood, Jack Lemmon, Dean Martin e, claro, Marilyn Monroe. A minha Marilyn, numa terça-feira de pouco movimento. Também foi no mesmo Memorial Park que cremaram Janis Joplin, mas suas cinzas tinham sido espalhadas pelo Pacífico, do alto de um avião, ao longo da costa da Califórnia.

Era mais ou menos assim que gastávamos nosso tempo, sem falar muito do fim das coisas. Não imaginava, por exemplo, que destino tivesse levado o pai de Hani. Talvez nem ela mesma soubesse, e só depois que nos mudamos para longe foi que Hani passou a ouvir as canções de minha mãe, quando então comentávamos sobre as famílias. Às vezes brincava que éramos meio irmãs, ou meias-irmãs. Saboia disse que, pela Câmara de Comércio, Los Angeles e Beirute eram cidades irmãs, e que São Paulo e Los Angeles também são, daí Beirute e São Paulo são coirmãs ou meias-irmãs. Como nós duas, falei. We too, há? Mas Hani não via graça nisso. Quando ia visitar Natalie Wood, ficava olhando os carros no estacionamento do cemitério, apontando o luxo que a parentela estrelada tinha deixado de folga para seus herdeiros. Aliás, naquela altura, este foi um tema que Hani, pelo que entendi, discutiu com Pablo, namorado dela, se seria ou não boa ideia dar uma festa, tipo baile de fantasias, no cemitério, à noite, cada qual a caráter como a própria estrela. Eu de Marilyn, Hani de Natalie Wood fazendo a Judy em *Juventude transviada* e Pablo de Muhammad Ali. Acontece que o próprio Mr. Ali redivivo disse que não dava, pois o Memorial Park fechava às cinco e era rigorosamente vigiado. Como dar um baile com sirenes soando em volta e os agentes da polícia atirando em nosotros? Hani riu, Fuck that.

Foi aí que passamos a festa para o quarto e sala. Ela começou a ligar para seus convidados, pediu que eu ajeitasse a bagunça, depois fosse ao mercado, e me deu um dinheiro para isso.

Na noite anterior, depois de fazermos bico em Beverly Hills, ficamos comentando os carros que os manobristas guiavam de coletinho bordô. De repente, Hani sacudiu a cabeça, abriu a bolsa e puxou uma fotografia, My dad, ela disse. Não foi tão rápido assim, antes tomamos um vinho, mas é como lembro da conversa, nós duas ouvindo as músicas que eu botava para tocar. *Na cabana do pai Tomás, olha aí. Gente, ê pai. Os dias vazios e iguais. Eu quero samba e eu quero a sorte. Eu quero é blues.* Na foto, o dr. Kalfayan, pai de Hani, aparece jovem, de calças escuras e camisa clara. A imagem deve ter mais de trinta anos. Foi então que ela voltou ao assunto sobre o que queria ser. Anthropologist, get it? Falou que o pai só havia morado com ela, o irmão e a mãe até Hani fazer doze anos, quando então ele voltou para o Líbano. Na fotografia, o dr. Kalfayan está de óculos e mãos na cintura. Atrás tem um avião bimotor, dos antigos, e ao fundo um prédio quadrado, baixo, todo branco.

Peguei outro vinho na geladeira e fomos para a janela olhar os carros dobrarem a esquina, a madrugada tinha um céu aceso, com a neblina seca borrando os luminosos na avenida. Meu inglês não era bom, Hani também não falava português. My dad, ela repetiu. Entendi que ali seu pai estava fora, viajando, isso antes de o dr. Kalfayan conhecer a mãe dela, talvez até mesmo antes de ele vir para os Estados Unidos. Ficamos um tempo caladas, daí fui pôr outra música para tocar, apontei para o laptop, depois para os ouvidos e fiz um okay, dos meus. Hani riu. Mostrei o okay com o polegar para cima, como costumo fazer. Já ela usa o polegar e o indicador, num O, e com os outros dedos mostra o número três. Pelo menos nisso éramos diferentes. Escolhi um dos álbuns de Lady Laet, o segundo, o *Aposta*. Saboia disse que, no começo, quando minha mãe passou a compor as próprias canções, buscava parceria entre os da velha guarda. Daí saiu com Matias Meira um primeiro samba, "Aposta na tristeza", mas quase num arranjo para rock, com batida a quatro por quatro. Não tentei explicar a Hani o que era isso. Olhei para ela, Very sad, um samba, eu disse, peguei o laptop e abri a foto de capa. My mom. Hani se virou para mim e aumentei o som. *As melhores canções. Muitas se compõem. De melancolia e retiro. Na maioria é puro rumor. O que julgavas razão. É temperamento o que parecia virtude. É enfermidade o que dizias engano.* Ela riu, exagerando, Wow, e fez um okay com o polegar para cima, como eu. Talvez com isso quisesse dizer que tinha gostado, e imaginava o quanto eu devia admirar essa foto de minha mãe, a única mulher do grupo estampado na capa do álbum. Good for her, ela disse. *São efeitos da tristeza. Operados na melodia. Que te obriga a seguir. O violento coração e nunca. Nos deixa a sós no presente.* Não expliquei como me sentia em relação àquela pose nem, é claro, o que significava um samba ou uma aposta, isso teria dado outro belo jogo de adivinhações. *Ocupada vais com o passado. Cheia de melancolia. Na incerteza dos amores que estão por vir. Aposta na tristeza todo dia. Aposta que ela é a tua guia.* Baixei o volume e coloquei o laptop na cadeira. Voltamos para a janela, tomando vinho enquanto passavam outras canções, e assim varamos a madrugada.

No dia seguinte Hani sumiu e me deixou só, com Saboia de visita e a rodovia ali perto, soando grave, interrompida apenas pelas perseguições televisionadas, segundo meu amigo, a cada três semanas. Ainda precisava desempacotar o resto das caixas, não seria culpa minha se a festa desse em nada. Seria, para falar a verdade, um alívio, e de noite, o quarto e sala sem Pablo ficaria mais tranquilo, apenas eu e o zunzunzum flautado da polícia cruzando o céu aceso.

Só mesmo se Pablo ficasse é que meu lugar voltaria a ser o sofá-cama, e voltaria a ser também, de certa forma, a obra-prima nos CDs de Saboia abafando os gemidos de Hani horas a fio, a me contar nos fones de ouvido uma história nasalada, em voz de classe alta, maleável como um doce de panela. Imaginava quando seria que, nesse arranjo tão apertado, acordada por uma urgência ou na falta de sono, fosse ao banheiro, passasse pelo corredor de meio metro e desse com a porta de el bedroom entreaberta, e opa, Pablo e Hani lá dentro fazendo coisas, Hani vestida só de camiseta e calcinha nova, Pablo numa samba-canção das que usava até para ir à praia, com estampa de luvas de boxe, abacaxis ou carinhas de Papai Noel. E ele deitasse Hani de lado, por cima da coberta, virasse a namorada de costas e, com as mãos espalmadas na penumbra, puxasse seus quadris até que ela ficasse de quatro, enquanto eu, de coração à flor da pele, pisando na ponta dos pés, enfiada em minhas próprias sombras, queria e não queria ver o momento em que Pablo engatinhasse de joelhos, depondo as carinhas de Mr. Noel, e fizessem afinal o que podiam fazer, os dois reluzentes na luz mortiça que vinha das cortinas de algodão cru, fosforescentes como uma fruta que acaba de ser cortada diante da tevê acesa.

Tudo isso bailava na minha cabeça por causa dos gemidos de antes, quando noutra temporada, depois de passar da cama para o sofá, puxei a manta colorida em rendas de bico, que Pablo tinha trazido de Ciudad Juárez, e naquela também otra sala de dormir, esquentei a alma com a ponta dos dedos, dilatando no CD a voz inglesa a me contar uma história da época em que o Brasil ainda não tinha, a bem dizer, sua própria história para contar.

Comentando a noite em que Neide Laet completou a gravação do *Aposta*, o carioca Syd Gutierrez, dono da Vinil Geral, levanta uma hipótese válida. De onde vem o toque tão único desse álbum? Ele mesmo responde que vinha da estreante veterana. Tendo interpretado um repertório antigo, Neide agora assinava como compositora. Seis das catorze canções são dela, sozinha ou em parceria, a nova versão de "Descendo a ladeira" e mais cinco, "Aposta na tristeza", "Meu velho Cadillac", "Mútua admiração", "Bicho Brasil" e "Conjunto habitacional". A contracapa do elepê mostra um barbudo numa estrada que baixa por uma colina e, ao fundo, uma cidade de interior, vazia, fora de foco. Porém, isto na contracapa. *Cidade pequena não mata. Mata, amor? Eu, ei ô. Tudo que é grande. Me afasta.* E, na famosa capa, Neide Laet vai estendida de vestido goiaba no colo de quatro homens sentados num sofá branco.

Mas a principal diferença estava no estilo. Marcada por riffs à rockabilly, com a guitarra dobrada em dois canais, "Aposta na tristeza" começa com um longo trecho instrumental. E quando Neide entra, *As melhores canções. Muitas se compõem. De melancolia e retiro*, quase dois minutos e meio de solo já haviam antecipado o contrabaixo com bateria e cavaquinho. Os riffs da abertura, em repetição cadenciada, Saboia disse, abrem num acorde com sétima, uma decisão rara no rock-brega da época, e o aspecto groove, em compassos dedilhados, dava a "Aposta na tristeza" um quê estrangeirado, mesmo que ainda no bojo do velho samba. A banda se eletrificou, diz Syd, no documentário em vídeo. Coisa linda essa guitarreia toda... Então há um corte, antes de ele reaparecer ao lado de Lady Laet, numa foto em preto e branco. Saboia falou que o nome verdadeiro de Syd Gutierrez era outro, na realidade é Cide Maranhão.

Tamanha é a presença do instrumento nos arranjos que muitos apontaram Mão de Gato, guitarra solo de minha mãe, como sendo o homem da contracapa, mas não era. Mão estava sentado na capa com os braços por baixo da cantora, a contracapa mostra apenas um tipo masculino ao gosto da época, de barba e chapeuzinho. O álbum foi um estouro, porém estouro no sentido interior, de arrebentação, um grito, como *Help. Aposta* mostrava como as coisas ainda iam mudar, e já não era sem tempo, pois como diz um hit da época, *My baby does it hanky-panky. My baby does it.* Anos depois, a própria Lady relembra o momento. No documentário *Quem canta nossa canção*, ela comenta o início da carreira e a influência do samba. São apenas três mulheres entre os mais de vinte entrevistados, Você enfrentou dificuldades? A entrevistadora, fora de cena, quer saber. Dificuldades? Neide repete, e faz silêncio. Quem não enfrenta, querida? Pra este seu filme você não se bate com suas dificuldades?

Há um corte. Então, filmada pelas costas, Lady menciona o nome de Cartola e um dos seus sambas começa a tocar. *Ouça-me bem, amor. Preste atenção, o mundo é um moinho. Vai triturar teus sonhos, tão mesquinhos. Vai reduzir as ilusões a pó.* Ela traja túnica com estampas florais e óculos de sol, diz que saiu de casa aos catorze e assim mesmo continuou aprendendo, tocando, subindo a ladeira, por assim dizer, para ouvir o que queria. Que ladeira, aonde você ia? A entrevistadora se entusiasma, mas Neide não responde, cantarola o refrão de "Aposta na tristeza", incluído no compacto que chegou ao topo das listas. Na cena, está sentada numa cadeira de vime em forma de concha, suspensa por uma corrente presa ao teto. Cobrindo a parede por trás há um tapete de sisal bordado com plantas e animais coloridos, e Lady canta baixinho, tamborilando sobre o vime, *Na incerteza dos amores. Que estão por vir.* Não repete o refrão nem acrescenta mais nada, apenas ri de olhos fechados. Então, como uma garotinha batendo palmas para si mesma, Lady Laet se reclina na cadeira e de novo abre um sorriso, antes de sair de foco naquela que seria sua última entrevista.

Penso nisso frequentemente, no vídeo em que minha mãe aparece cantando *Aposta na tristeza todo dia. Aposta que ela é a tua guia.* É uma clássica. E ali, no nosso quarto e sala, o tom não era tão diferente assim. Hani continuava se referindo às coisas do jeito dela, Let's have some fun in this shit hole. Falou que a noite ia ser um estouro. It's our big party, Lucy. Então, okay, Hani. Eu disse que ajudaria, I help. Não imaginava que àquela altura ainda estivesse desempacotando caixas num lugar ainda mais apertado que o de antes, onde ficaram as outras meninas. Para nossa festa escolhemos a mesma fantasia. Na sala mal cabiam dez pessoas, Hani convidou umas trinta, então também chamei Saboia quando ele veio me trazer a foto de minha mãe e os CDs com a novela dos estrangeiros que really-*really* loved Brazil. Fiz o convite na condição de que ele fosse no meu lugar comprar o que faltava, inclusive a vodca da qual ele já tinha emborcado uma porção. Não disse a você que eu voltava logo? Café nada, café a gente toma depois, cheguei cedo? Aqui... hoje as moças vão tomar todas, ele disse. E quando voltou ao reino exótico da nossa minimorada, Saboia engoliu o resto dos comentários sobre o favor que me prestava e deixou cair o queixo, Uau... Ficou me olhando um tempo, eu já de peruquinha azul, minissaia e top cintilante, tudo branco, os óculos sem as lentes, estetoscópio no pescoço e uma gravata-borboleta.

Não nos víamos havia três horas e para ele era como se fossem três meses, como se aquela cena ou meu modelito lembrasse alguma coisa de antes, dos tempos de Lady Laet. Lucineide, putz, quando é que você termina a história de sua mãe? Saboia tinha voltado para a festa de camisa polo esticada até ficar um número maior que o da etiqueta, pulôver amarrado na cintura e um par de tênis preto na moda esporte-fino de quantos anos atrás, vinte? *Lul-see*, ele disse, e passou o recinto em revista. Menina...

Eu tinha puxado duas caixas para o meio da sala e posto uma toalha por cima, para fazer de mesinha. Botei ali o laptop de Hani, uma pilha de copos de plástico, o cinzeiro com palitos e um prato de sopa cheio de azeitonas e cubos de queijo amarelo. Os amigos de Hani começaram a chegar aos poucos, de dois em dois, perguntando por ela, seguiam bebendo calados, sacudindo as cabeças no ritmo que fazia a janela vibrar.

Hani não dança. Demorou a sair vestida igual a mim. Quando saiu, veio cintilante das profundezas de el bedroom. Tinha passado a base azul-metálica no corpo, até no rosto, já estava de olhos fechados no meio de um grupo de três ou quatro, inclusive Pablo, com as mãos para cima, dobrando os joelhos como se fosse ficar de cócoras, só para se erguer novamente e estirar os braços para o alto. Devia estar imitando alguém ou alguma ginga das baladas antigas, But I don't really dance, era o que costumava dizer, que não dança. Notou que eu e Saboia estávamos olhando, apontou de volta e o grupinho dela riu. Não tentei explicar a meu amigo o que era aquilo, as enfermeiras. Nurses, né? Não ia fazer diferença nenhuma. Saboia já tinha entrado naquela zona particular, só dele, olhando tudo e todo mundo em silêncio, de lábios franzindo um riso, querendo dizer alguma coisa. O que sei é que seria, com certeza, a coisa errada.

Saboia conheceu minha mãe ainda jovem e imediatamente começou a fazer a grande Lady. Ele dizia que seu trabalho era *fazer* o artista. "Descendo a ladeira" tinha saído um ano antes, em compacto, e depois no elepê *Aposta*. Na época, já eram duas Neides, a das orquestras e a da banda. E foi na estrada, com a Banda Barata, que ela encontrou Saboia pela primeira vez, num festival em Santos. Isso, segundo ele, antes de eu nascer, quando então assinaram um primeiro contrato.

Era só o começo, mas um começo por cima. E como *Joy*, dos Septembrists, e *Columbus, Columbus*, de Phil Tinker & The Toddlers, ou *Birds of Fortune*, de Phoebe Brunner, *Aposta* é daquelas estreias que fazem com que você queira ouvir o mais rápido possível e, som nas caixas, sentar na poltrona com o encarte no colo, o homem da barba fazendo pose de lado, na contracapa, descendo a ladeira, enquanto na capa sua mãe se espreguiçava no sofá com a banda inteira. Porra, Saboia disse. Eu fiz Lady Laet, não fiz? Esse primeiro e mais três, hein, Lucineide? Cadê a merda desse seu livro? Ele bebericava uma cuba-libre de canudo. Pensei em dizer Tá saindo, meu velho, tá saindo. Vamos marcar um café? Queria falar uma coisa com você. Mas, de verdade, ainda não tinha o que mostrar a ele, e quando fiz a proposta me deu um frio na barriga. Saboia ficou me vendo soprar as bexigas cor-de-rosa, daquelas que os animadores usam para fazer bichos, chapéus, espadas. Encarava minhas mãos rolando e atando as bolas e ia de volta ao laptop que Hani disse para eu colocar no meio da sala. Cadê sua gêmea clara, Lu, ele disse, e eu fingi que não tinha escutado, continuei com o que minha amiga me pediu para fazer. Saboia ficou curtindo a cena, torcendo para que, nos nós que eu dava, estragasse o aplique que a manicure de Hani tinha me feito de favor. Todas sabem que nas unhas prefiro cores neutras, como água-marinha, violeta, azul-celeste, já Hani, as cintilantes, do tipo ouro--glow, alumínio ou apple-pop. Quando trocávamos os esmaltes, as meninas diziam que tínhamos trocado de mãos. E depois vinha a inconveniente da Daisy, que de vez em quando nos mandava em dupla, com ordens para vestir isso ou aquilo combinando, daí tome unhas, extensões, cílios, tudo igual. Mas ela não tinha sido convidada. Às vezes, Hani nem sequer atendia às chamadas de Daisy.

Como diz Lady Laet, *Voltando ao que interessa. Que região essa. Hein, meu bem?* Há várias maneiras de se descrever uma festa, difícil saber por onde começar. O único comentário de Saboia a respeito, quando Hani veio do quarto, foi o de sempre, Tua amiga é purpurina pura, podes crer. E foi só. Saboia tem quase o triplo da idade de Hani. Acho engraçado um homem como ele querer competir nas atenções com gente feito Pablo, que até já lutou boxe e só precisou parar quando ficou um jovem-velho para aquilo. Eu disse a Saboia, Ninguém aqui faz programa, eu não faço programa, o cocô tá é na sua cabeça, okay? Estávamos na janela, a tal pequena corrediça, que era o jeito de se ventilar a sala sem ligar o ar. Seguíamos pendurando cachos de bolas cor-de-rosa nas taliscas da persiana, vendo os carros lá fora cortarem o sinal amarelo, a maioria de cor metálica e escura, quase todos guiados por gente sozinha. De vez em quando Saboia olhava de lado, buscando a Hani real, de minissaia e peruquinha cintilante. Pablo, claro, notava as olhadelas dele. Mas esse tatuado é muito do cafajeste, Saboia disse. Hani de novo não estava ali, dela somente o loop do vídeo para o streaming com os ensaios de animação, em que minha amiga atua com humanoides. Pablo chama isso de redux, fazer a redução da pessoa que vai ao ar, ele filmou nós duas andando e também paradas, de frente, de costas, dos lados, eu e ela de biquíni. Mas só Hani aparece nua, com o corpo fake news que Pablo deu a ela depois da tal redução. A cabine do streaming é deles. Quem quiser assistir, paga a eles. E Pablo faz tudo on-line. Hurra, ô casal, esse foi outro comentário que Saboia soltou, de queixo caído, sacudindo a cabeça para um lado e para outro. O velhinho não via razão naquilo.

Mas eu vejo, e muita. Pablo e Hani tiram dinheiro da invenção. Um dia ela vai poder mandar Daisy para o espaço. Talvez um dia até chegue a ser o que quer, antropóloga, não era o que vivia dizendo? Então as cabines, com a Hani irreal se contorcendo acesa, afinal iam servir para alguma coisa. Enquanto isso não acontecia, minha noite com Saboia, ali, a tiracolo, ia sendo das mais longas.

De repente Hani e Pablo saíram do quarto, começaram a andar em volta das visitas, olhando para mim e para Saboia. Depois, chegou mais perto, calada, e me puxou pelo braço até o meio da pista, onde alguém tinha posto a prancha de surfe a dois palmos do carpete, atravessada entre as caixas que fiz de mesinha. O palanque cobria metade da saleta. Os convidados deram um passo para trás e se espalharam ao redor, com um sorriso no rosto, de costas para as paredes do apartamentinho, aguardando o quê... um pocket show? Hani me pôs de cara para um júri de três rapazes e uma moça a postos no meu sofá-cama. Daí, soltou minha mão e, olhando para mim, falou aquilo do fundo de sua profundeza tão engraçada, Gosh, you people are so sexy. E Néstor, Janina e Steve Burger começaram a bater palmas, Néstor gritava Woohoo! enquanto o outro Steve, Steve Taco, continuava calado, olhando para onde estavam Anju e Irina. Irina de top com mangas compridas escondendo a atadura no braço. Néstor, Janina e Steve Burger começaram a fazer coro, *Do. The. Samba! Do. The. Samba! Do. The. Samba!* Batiam palmas ao mesmo tempo que Pablo foi até o computador e ligou o som, pôs um samba genérico. Eu mesma devo ter dado a ideia a Hani, era o que me vinha à cabeça, dei a ideia e por algum motivo não lembrava mais, foi o que me ocorreu ali, tentando entender o que estava acontecendo.

Can you dance for us, babe? Todos me olharam. Por um instante fiquei na dúvida sobre qual era mesmo o pedido. Hum, Lucy? Ela insistia. Dance for us. Então, Okay, Hani, claro, falei, I dance. E ela me agradeceu, Thanks. This makes me so happy, ela adorava. I know, Hani, okay, eu disse, e foi quando minha amiga me deu nosso último beijo, deixando em mim uma marca oleosa e azul.

Tirei os sapatos e subi na prancha, que gemeu e se acomodou entre as caixas. Quando comecei a me mexer, o peito dos pés e meus calcanhares trilaram na fibra de vidro, largando gritinhos de bicho pisado no chão. Pablo não me olhava, aumentou o som, o samba cantava o Corcovado, o morro da Mangueira, a eterna dona de Ipanema? Que me importa? Não era canção que eu conhecesse. Levantei os braços de palmas ao alto, sorriso no rosto, pés na fogueira, minhas mãos para cima e para baixo numa evolução em meia-volta, esquerda e direita, depois inverti, dei a paradinha, fiz o retorno na virada infeliz do bombo. Isn't she fabulous? Hani comentava com voz de atriz de filme em preto e branco, nasalada, era Natalie Wood que me aprovava a ginga, e seus amigos, de olhos grudados na cena, começaram a gritar entre risos e assobios.

Meu amigo é que continuava parado. Saboia me olhava esquisito, olhava para mim com olhos ardidos, distantes, de boca reta, sem a ênfase das suas provocações mais ridículas. Tive a impressão de que estava prestes a levar a concha das mãos ao rosto, cobrir os olhos e dizer um hurra que pariu para mim e para a situação. Foi engraçado que, enquanto dançava, pensei nisso e consegui adivinhar o que ia na sua cabeça, adivinhei nosso futuro, porque foi exatamente o que ele fez, pôs as mãos no rosto, tapou os olhos e me atirou numa vergonha sem motivo. Então me virei para dançar de costas para Saboia, saí do ritmo e acelerei a batida, dançava voltada para Néstor, Nestorcito, "el Chucho", que se animou e de novo partiu a berrar seu woohoo! de dedo para o alto, rodopiando o fura-bolo por cima da cabeça, me sugerindo que eu rodopiasse também. Mas não fiz. Aumentei o passo e já me doíam as coxas, a batata das pernas, o dorso dos pés, enquanto a prancha vibrava em cima das caixas.

Íamos no segundo refrão. É sobre uma dama que vence na vida, desce seu morro, encontra um príncipe, na realidade princesa, e vencem na vida, You're fabulous, e tome samba. Se acelerasse, rodopiava, ia ao chão, não haveria sangue, raça nem glamour para foto de capa, soariam apenas as risadas de minha queda na alcatifa champanhe. Sambo porque posso sambar, Baby this makes me so happy, Pablo me olhava vidrado, enquanto Saboia, imagino, enfiava a cara janela afora. Aos poucos, a música começou a sumir e, devagarzinho, de rosto para o alto, me alinhei na prancha preparando o pulo, deixei penderem os braços, fechei os olhos e, quando o samba estava prestes a se apagar, saltei do palanque para cair de pé, as pernas cruzadas na altura dos joelhos, baixando a cabeça até tocar o queixo no peito, numa reverência de palco que a minha mãe me ensinou. E meus amigos, quem diria, os amigos de Hani, finalmente me aplaudiram com todo o gosto.

No outro dia levantei tarde, já quase no meio do dia, fiquei ouvindo os CDs. Tínhamos tomado o último vinho antes de o sol raiar. Pablo demorou a ir, só foi embora depois do almoço. No fim da festa ele e Hani se meteram no el bedroom fazendo baby humanoides, acho eu, ou lendo revistas em quadrinhos, vendo filmes de nave espacial. Não duvido que o escarcéu lá dentro tenha sido um jeito que ele encontrou de me dar um toque ou, então, pura provocação. Bye-bye, falei. Ou melhor, Hani fez que eu falasse, Say good-bye, Lou See Nay Djee, ela tinha dito. Daí dei meu tchauzinho, e Pablo me olhou um tempo, de cabeça baixa, parado na frente do micro-ondas. Tive a impressão de que ia contar tudo, ali mesmo, na cara de Hani. Mas não. Pulou do balcão, onde estava sentado com um copo de café frio, e saiu apressado.

Daisy já tinha deixado as mil mensagens de sempre, e Hani ouviu todas como de costume, exagerando nas caretas. Tomou seu chá e foi ao banheiro, então sentei de novo no sofá-cama e peguei o retrato do pai dela, o dr. Kalfayan, em cima da mesinha. Queria ver se tinha alguma coisa no verso, tirei a foto do porta-

-retratos e ali atrás dizia somente *Beirut*, à caneta, sem o E no final. Mas eu já sabia que ele era de lá.

Quando finalmente Hani saiu, fiquei só e fui juntar coragem para desempacotar o resto das caixas. Enquanto media a tarefa, desfrutava o quarto e sala como num domingo, quando ouvia música e sentia uma coisa esquisita, Hani não entendia isso, a pena pelo que nem sei se houve, mas que está ali, no som, na letra, Very sad um samba, eu disse, uma vez. Ela não via diferença entre as canções. Fui ouvir a que Saboia tinha botado para tocar na festa, depois do desastre do pagode de internet que me deixou enjoada. *Os dias vazios e iguais. Andam pela cidade.* Ele escolheu "Na cabana". *Mas no ano passado. Na cabana do pai Tomás. Vivi duas semanas de felicidade.* Saboia disse que minha mãe adivinhava o coração mas também a cabeça da gente. *Duas semanas. Só duas vivi fora da cidade. Na cabana do pai Tomás, olha aí. Gente, ê pai. Os dias vazios e iguais.* Ainda na festa, ele tinha me dado um aviso, de olhos esbugalhados, puxando pelo meu cotovelo, para que eu prestasse mais atenção, Tu deixou de ser invisível, Lucineide! E tossia exalando cuba-libre. Eu disse Me solte, Saboia. Depois que nos despedimos, ligou tarde da noite e, besta que sou, atendi. Saboia me fez repetir o bordão que era para falar caso batessem à porta, I do not consent to the search of these premises, não aceito que deem busca neste recinto. Ele falou que às vezes eu soava torta. I do not consent to the search of these *promises*, não aceito que deem busca em minhas promessas. Isso, sim, saía à Lady Laet, belo e triste, infinito, majestoso até no fracasso. *Eu quero é samba. Eu quero sorte. Eu quero blues.* É o que minha mãe canta no refrão final de "Na cabana", que meu amigo pôs para tocar e, pior ainda, tentou explicar a Pablo e Hani, aos convidados dos dois, na festa.

A bolha invisível da vista grossa pipocou, Saboia disse. Se cuida. Essa Hani não entende nada e, mesmo assim, sai com o tatuado dela nessa procissão dos ilegais...

Eu estava quase mergulhando num sono justo, na penumbra do sofá-cama, tendo por companhia o abajur azulzinho em forma de cabeça de gato. Saboia puxava, outra vez, o assunto do culto itinerante. Quando os agentes da imigração partem para cima dos sem-documento, não podem prender ninguém dentro de igreja nem durante culto religioso, está na Constituição da Califórnia. Pablo metia na caçamba a imagem da Virgem de Guadalupe, circulava o endereço da batida e os amigos corriam até lá, então estacionava a picape com alto-falantes tocando hinos e uma multidão entoava as rezas. Faziam das ruas um palco para o tal culto itinerante. Vinham os advogados, as prisões eram retardadas e, como no milagre da multiplicação dos pães, os recintos e as promessas passavam para a boca dos megafones. Pablo tirava foto de tudo. E Hani ia feito destaque de carro alegórico, na caçamba ao lado da Virgem. Nessa questão de estar no centro das atenções, o pessoal de Hani lembrava a banda de Lady Laet. Tinham todos o mesmo quê de idealismo bonito, com uma baita pena de si. O próprio Saboia me deu um exemplo.

O primeiro brasileiro a se apresentar na Suíça não foi Gilberto Gil, foi um guitarrista magro, de rosto pipocado, que subiu ao palco com um cavaquinho elétrico furado no bojo, o "raivaquinho". O buraco tinha sido feito pelo próprio músico, num assomo de raiva. Nas fichas, é o Mão de Gato. No show, entra em cena e passa cinco minutos improvisando "Na cabana". Mão segue até o microfone, olha para baixo, pisa no delay da pedaleira e começa a puxar acordes na base do braço. O efeito repete as notas num eco que vai sumindo aos poucos, a impressão é a de uma cascata de moedas ou gotas de vidro. Só então Lady entra, e começa pelo fim, muda a música. No elepê *Neide em Montreux*, com foto de capa por Pedro Bel, é neste momento que a Banda Barata é abafada pelos gritos da plateia, que soam como ondas quebrando nas pedras. Neide repete o estribilho, aumentando a voz, enquanto Mão retoma a melodia. *Os dias vazios e iguais. Andam pela cidade. Mas no ano passado*, No ano passado, o quê? Ela começa, e os aplausos e gritos apagam, outra vez, num longo chuá, a voz da própria estrela.

Hani disse que odeia música ao vivo, com berro, palmas, chiado. Já Saboia, por sua vez, tinha mania de falar que Mão era um gênio confirmado. Ao contrário deles, me preocupo com coisa pior. De todos os nomes do ecletismo musical daqueles anos, Neide era o menos conhecido. Não foi símbolo de nada nem levantou bandeira nenhuma. Ia fora do sistema, atuava naquela órbita periférica que muitos chamavam de Música Bem Barata, espécie de lúmpen-rock. E Saboia insistia nisso, que ela própria usou o termo, perverteu a expressão musicando a letra de um poeta classe A. Neide Laet era aquela dona esforçada, de vida dura, sem filosofia, talvez beberrona, que encarnava as aspirações de uma época sem utopias, já ouvi falarem assim. No show da Suíça, saiu de colante cor da pele, descalça e rabo de cavalo. Mão acompanhava de calças boca de sino, sapatos plataforma alta e camiseta psicodélica, num visual atrasado em mais de dez anos. Os dois se entreolham ao pé do microfone. No contrabaixo, Murtinho, Roberto Cozzo na bateria e na percussão. Eram a Banda Barata, tocavam MBB, *eme-bê-bê*, com B, a tal Música Bem Barata, numa tirada com a paulistana cordialidade à uisquinho carioca da melhor MPB, com P, que é, por sua vez, uma mescla vinda da Bahia. O barato de Lady Laet dava um basta nessa polidez de varanda com vista boa e simpatia racial.

Em certo sentido, e aqui copio Saboia, num sentido, como ele próprio dizia, *pneumático*, a MBB impulsionou o punk no país. As letras de Neide não faziam profecias nem davam conselhos de afeto revolucionário. Também não eram um grito de ordem, punho ao alto, segundo filosofia nenhuma. Nem tribuna nem consultório sentimental, o que se fazia em estúdio ia aos shows, a mesma formação, o mesmo estilo, daí a presença de palco que se nota em *Ladeira*, *Aposta* e *Corsário*, gravados em estúdio, som direto, semelhantes ao de Montreux, ao vivo. Os arranjos sujos de Lady Laet eram sem edição nem camadas de rock sinfônico, sem os truques nem overdubs do final dos Beatles, o único paralelo era o folk americano, o blues, o gospel, Dylan, para quem a raiz da música é seu todo. De repente os pequenos foram sumindo, e os produtores, ganhando mais influência. Desapareceram a Rosenblit, a Guarani, a Eldorado, a Calíope. E a Som Vivo arrematava as concessões leiloadas pelos homens de farda para propagandear discos de música infantil, de telenovela, artistas corretos, integrados, cafonas favoritos da classe média católica. Pelo menos era o que dizia Saboia. Barraram Tim Maia e Lady Laet, só entrava no clube quem tivesse costas quentes, carteira de patriota ou fosse amigo dos homens. Está me entendendo, Lucineide? Hein?

Quando nos vimos depois da festa, ele disse que o que eu tinha até ali não era biografia coisa nenhuma, era, isso sim, um apanhado de anedotas que confundiam demais, por causa do vaivém entre o começo da carreira de Neide Laet e seu sumiço. Estávamos na Sunset Boulevard, no Pink Flamingo. Saboia já tinha puxado o assunto *Hani*, se no vídeo dos humanoides era mesmo ela, o corpo dela, nu, nua, arrebentando a cena de pernas abertas, a boca aberta, diante daquela aparição computadorizada que surgia por detrás. Falei que era e não era.

Putz, Lucy, você nunca responde as coisas direito... É sua amiga ou não? E por que o boxeador chicano se gaba de propagandear a namorada nua, numa festa para os amigos? Que putaria é essa?

É arte, Saboia.

Arte o cacete, ele disse.

Você é muito do grosso. Hani gosta de gente fina.

Realmente, fina que só esse cafetão tatuado...

Não respondi àquilo, Vamos voltar à conversa?

Vamos, ele disse, e fez cara feia. O problema é que até agora seu livro não diz nada. Sobre quem mesmo? Pois é. Sobre. A. Lady. Que. Eu. Fiz, entende?

A minha mãe?

Eu fiz Lady Laet, Lucineide. E você tem a oportunidade de contar essa história. De voltar às suas origens. Essas merdas todas...

Saboia já tinha começado a falar alto. Sacudiu os braços e deu um tempo de cara amarrada, enquanto tomávamos chá gelado olhando em volta, tentando ver o movimento do lugar àquela hora. Depois, tirou de dentro do bolso da calça o telefone e começou a mexer ali, Olha uma coisa, Lucy Inde-Sky... Ele agora também me chamava assim, Inde-Sky, e quando virou o celular para o meu lado, na concha da mão, reconheci o post do fanzine *Elétrica*, com a entrevista de Mão de Gato. Saboia afastou os copos e puxou a cadeira com os pés, aos pulinhos, para perto. Daí levantou as sobrancelhas e apontou o aparelho com o queixo, Hum. A entrevista tinha sido gravada em áudio e posta por cima de um slideshow com imagens da carreira de Mão. Na primeira, em preto e branco, ele está no palco, jovem, magro, o entrevistador dispara a clássica, Continua tocando? Mão aparece de cabeleira cacheada, em pôsteres berrantes divulgando shows das suas primeiras bandas, Village Grand, Os Selvagens. Passam também fotos de capa dos elepês com a minha mãe, que ele acompanhou por mais de vinte anos. Saboia ia com os olhos enterrados naquilo. Noutras fotos, Mão aparece sentado na grama, numa praia ou pedaço de praça, talvez um quintal, de pernas cruzadas, fumando com gente que eu ainda não consigo distinguir quem são. As imagens passavam rápido. O entrevistador, fora de cena, dirige-se a ele usando seu nome de registro, Luciano Gavíria.

Mantém contato com cantores que acompanhou?

Saboia disse que, no show de Santos, o trailer com o gerador de energia pegou fogo na hora em que Lady cantava "Suspeita de mim", do elepê *Corsário*. Segundo ele, foi esquisito. Mão de Gato não tinha voz, mesmo assim fazia coro com Neide nas canções em parceria. *Seu nome não quero mais. Suspeita de mim. Sou livre de ser pátria ou escória. E não me venha com Coca-Cola. Quer saber? Seu nome não quero mais. Suspeita de mim.*

Gavíria, e sobre drogas?

Passam canções da Banda Barata. Num antigo close-up, as sombras no rosto dão a impressão de que ele não dorme há dias. Depois, surge de pé, com a polícia ao redor e as guitarras no chão. Lady, na cadeira ao fundo, olha para fora da cena, alheia a tudo.

Saboia se virou, com cara de tá-vendo. Ulalá, ele disse, e ficou me olhando. Hein, Lucineide? Não respondi. Por trás de Saboia, no café, o sol baixo e os faróis deixavam tudo imerso em cor de uísque. E o entrevistador continua …Isso é o começo de tudo?… O trânsito de fim de dia empacou na frente do Pink Flamingo. No celular de meu amigo, passaram outras fotos de Lady Laet, além da capa do *Aposta*, com minha mãe deitada por cima de quatro homens sentados num sofá branco. Era a versão bem-comportada da tal imagem. A verdade é que essas cenas dos calçadões à beira-mar, no Brasil, de palcos montados em campos de futebol, árvores altas, de verdadeiro verde aceso, o mar de um azul tão profundo, tudo me parecia ser de um tempo mais remoto do que apenas um ano, mais remoto do que a gestação de Lu em Lucy nesses meus primeiros nove meses de Los Angeles.

Na última cena do clipe, Luciano Gavíria surge de camiseta, em pé, segurando por cima da cabeça seu raivaquinho elétrico cor de mel, gasto nas beiradas, com estrelas riscadas a pincel atômico. O vídeo encerra com uma legenda em forma de manchete.

Para Mão de Gato música tem que ter três coisas.

Técnica, Expressão e Sentimento.

Saboia zoou comigo, pelo nariz, fanho. Há, Lum-se Nem-dje? Não respondi. Já tinha lhe mostrado isso, ele explicou. Olhe que quero ajudar, filha. E fez uma pausa, para que eu agradecesse. De qualquer forma, ele insistiu, sabe o que mudou? Falei que eu nem imaginava.

Saboia começou a me dizer que depois do *Sgt. Pepper's* todo mundo passou a ver no estúdio um mundo diferente, compor ficou menos importante do que produzir, o som era penteado em mesas multicanais, overdubs, takes, vozes dobradas, orquestra, sino, vaca mugindo. As mesas passaram de dois canais para quatro, depois oito, dezesseis. Bob Dylan gravava em quatro e pronto, Lady ia por aí. Os Beatles botavam camada em cima de camada numa mesa de quatro canais usando pingue-pongue, você passa a máster em estéreo, enquanto a banda toca de novo, em mais dois canais. Daí repete e toca o overdub pré-gravado por cima de outra pegada da banda. Depois, mixa em mono ou num estéreo simples, fica parecendo que de dois microfones saíram dezesseis vozes. Mas Neide não fazia isso… Saboia bateu com as unhas no tampo da mesa, notando a questão. Mão tocava com acordes partidos, notas picadas, usava os inteiros no solo quando a guitarra saía. Botava amplificador com eco, metia delay, overdrive, superoverdrive, uauá, como se fosse ao vivo. Cada pedacinho significava alguma coisa, dava para escutar tudo. A Banda Barata não fazia empastelamento do som.

E o que é que isso tem a ver com Lady Laet?

Tem, querida, que as letras dela eram cristalinas como as harmonias de Mão.

Dei um tempo no meu chá. Depois quis saber de outra coisa, E eles eram um casal, Saboia?

Que merda, Lucy. Todo mundo na época era um casal. Agora fedeu, Saboia disse, e entortou a cara. Pra fazer som a gente abdica da família, de tudo, quem tem o bicho na cabeça é assim. Como diz uma letra de sua mãe, *Você faz filho. Eu, música. Estribilho. E violeiro sola.* Cada um na sua. O Mão é que estava certo, idiota. Gênio é assim. Você acha o quê, que Mão de Gato é seu pai? Meta isso no livro se quiser. A mãe é sua. Mas acho importante a foto dela por cima daquela macharia toda...

Gelei, sem saber como rebater o ridículo.

Saboia acendeu o pavio da gentileza e voltou com cara de padre, Não me vá chorar de novo.

Falei que não tinha chorado.

Chorou.

Vá se foder, Saboia.

Cara embaçada. Acho você muito emotiva, demais. Precisa ver isso, Lu. Sinceramente.

Dei outro gole, passei o guardanapo no rosto e me virei para ele. Tem uma coisa que queria falar, eu disse, mas ele não quis saber. Baixou um silêncio na mesa.

Preciso dar um tempo, okay, Saboia?

Um tempo?

Uns dias. Fora de LA. Ia lhe dizer isso antes, na festa. Hani quer ir ver o pai, que veio visitar aqui perto não sei quem...

Putzgrila, Lucineide.

São só três ou quatro dias. Uma semana. Não vá me dar uma de Daisy, eu disse. Depois você manda o dinheiro para mim, pela conta. Se sair alguma coisa disso tudo.

Ele fechou os olhos e largou um suspiro, jogando a cabeça para trás, com cara de morte violenta. Então deixou a pose e passou a bater as mãos no tampo da mesa, como num tambor, tirando uma vibração chata. As chaves tilintaram, os copos bambearam, a jarrinha com flor de plástico emborcou, a mesa tremia, e Saboia tamborilava mais e mais, falando não sei o quê, em inglês, que, Ah, Lucy, e tome a bater ali. O chá dele caiu no chão e o copo se estilhaçou, espalhando no carpete geométrico uma poça do tamanho de um prato. As pessoas começaram a olhar para nós dois.

Saboia. Pare. Stop, okay? Mas ele não parou. Stop, falei mais alto. Fui na dele. Stop. *Stop!*

Uma atendente vinha em nossa direção. Antes que chegasse, apareceu por trás de meu amigo um homem alto, bem-vestido, de roupa clara, e quis saber de mim. All okay?

Fiz okay, que sim, com a mão, do meu jeito.

O rapaz olhou para Saboia.

Go. Away! Saboia disse, Fora.

Com toda a calma, o outro respondeu alguma coisa.

Fuck you, Saboia fez.

Olhei em volta. As pessoas já prestavam atenção. A garçonete estava parada, com o telefone na ponta dos dedos. Nossa mesa ficava na janela, perto da calçada, de frente para a Sunset Boulevard.

Roupa Clara deu um passo em direção a Saboia e falou uma palavra que não entendi. Segurança, eu acho. *Security*. Foi o que pude imaginar da conversa, que, na realidade, nem era bem uma conversa. Saboia grunhia, rindo estúpido de raiva, me encarando como se eu pudesse fazer as coisas tomarem a direção certa. Continuava batendo com as palmas no tampo da mesa, enquanto metia para cima de mim uns olhos vidrados, querendo dizer que alguma coisa ali tinha a ver comigo, ou então era piada. O americano ia lá entender isso? O próprio Saboia gostava de comentar tipos como Roupa Clara, gente asseada que dirige carro elétrico e recicla lixo como quem coleciona selos. Então o dono de carro elétrico chegou perto e ergueu a mão, na tentativa de parar as pancadas no tampo da mesa. E funcionou. Saboia ergueu as palmas, como quem diz Estou rendido, levantou devagar o outro copo de chá gelado, o meu, e emborcou metade dele no pé de Carro Elétrico, em cima de seu mocassim castanho. Soou um longo Oh... no coffee bar, abafado pela cerimônia que nesse país sempre há no evento dos outros, no que só diz respeito aos outros. Ninguém disse mais nada, olhavam de lado, suspirando como no cinema, em filme de terror, o dedo tapando nos lábios a pontinha do grito. A atendente já mexia no telefone. Se a polícia chegasse, me visse sem documento, Pablo viria na picape dele com sua Virgem de Guadalupe a reboque? Daí, conforme seu figurino, Roupa Clara definiu bem as coisas, You son of a bitch, ele disse. Saboia se levantou de braços espalhados e queixo para cima. What? You said what, hum? Também me levantei. Okay, eu disse. E insisti, Okay? Olhava para os dois. Mas eles não olhavam mais para mim. A garçonete é que olhava para mim, com o medo estampado em seu rostinho alvo.

Okay nada. Okay shit, Saboia disse, fixado no ofensor, provável fã de world music. Meu amigo surpreendia no seu papel de irresponsável, apanhou de novo o copo e emborcou o resto do chá na camisa do Belo Adormecido, espalhando uma nódoa escura no rapaz do carro elétrico, que cheirava a bom-mocismo, casa própria em subúrbio seguro e agora tinha por mágoa duas poças de chá, uma no peito, outra no pé. *Duas semanas de felicidade. Só duas vivi fora da cidade. Na cabana do pai Tomás, olha aí. Gente, ê pai. Os dias vazios e iguais.* Ainda não tinha pagado meu lanche e, na nossa conversa, eu já ia pedir a Saboia um dinheiro emprestado. De novo. Que fosse pelo livro que ele ia assinar comigo. Queria comprar sanduíches, ajudar na gasolina, já tinha carona para essa escapada mal planejada. Mas não deu tempo. Son of a bitch is you, Saboia disse, fixado no belo. Fuck *you*, ó!

Tentei ajudar, All okay. It's okay?

Saboia achou estranho. Fez uma careta para mim.

O rapaz de amarelo e branco estirou os braços e veio reto em direção a Saboia. Deu um passo e, com mais outro, estaria lá, em cima dele. Era a imagem de uma múmia envelopada em gaze nas cores do Vaticano, de olhar vazio, a tragar Saboia, esse estranho, estrangeiro gorduroso, que agora lhe derretia a cera dos costumes e da boa criação inculcada à força por escola particular, pastores, advogados. Quando encostasse a mão em Saboia, tudo ficaria oficial, as alegações, tudo. Saboia era cidadão fazia tempo. Um idoso. Tinha passado dos sessenta e cinco. Quando o good boy encostasse a mão em meu amigo, outra etapa de minha vida iria começar. Saboia ia dar um passo atrás e tropeçar na cestinha de revistas que ele próprio havia puxado para o lado da nossa mesa. Ia dizer um Ai, Deus, e cair no chão com seu peso de velho frágil e fora de forma. Ia rolar, espalhando as dores mais fantásticas do planeta. Ui. Aw. God. Help. Saboia ia saber fazer aquilo.

Tinha me pedido que viesse de minissaia, top sem sutiã e diadema, ou como as enfermeiras na festa. The nurses, Lu, que tal?... Qualquer coisa que me tirasse uns cinco anos das costas. O belo de branco me viu lá do canto, já tinha olhado para mim antes mesmo de Saboia começar com o circo no tampo da mesa. Era talvez um executivo em fim de expediente, depois da chuveirada na academia, um CEO do céu, senhor dos anéis? Não sei. Certamente, um company manager. Alguém tranquilo, bem barbeado, que dá ordens e a quem as pessoas querem obedecer por conta própria.

E agora estava prestes a encostar em Saboia, no ex-empresário de Lady Laet já refeito cidadão americano, fuck you, para impedir que ele dissesse algo assim, ou pior, que fizesse qualquer coisa de mau e continuasse, com o barulho, perturbando o ambiente, a moça, eu, a mim, uma sobrinha, amiga, filha. O quê? Garota americana? Uma profissional? Realmente, quem será que o belo tinha pensado que eu era para querer impedir a situação? *Aposta na tristeza todo dia. Aposta que ela é a tua guia.* Estavam quase em cima um do outro, já gritando. Não aguentei ver. Nem era para eu ver. A atendente talvez quisesse falar comigo, me tirar dali, faria perguntas. Perguntaria para ganhar tempo e agradar aos clientes, à polícia, perguntaria coisas que eu não tinha como responder.

Saboia recuou, estava com o calcanhar quase na cestinha de plástico no meio do caminho. Meu amigo topava ali, no buquê de impressos arrumado pelos gerentes, e, culpa deles, ia à lona. Muy amigo, Saboia. O velho que fazia artistas. Aposentado, refeito na vida. Verdadeiro americano.

Então o nosso herói do dia tocou com a pontinha dos dedos no ombro esquerdo de meu amigo.

Uuui!... Saboia fez uma cara feia, girando a cabeça para trás. E quando começou a se desequilibrar, de boca aberta, os braços e os olhos espalhados, com todo mundo prestando atenção ao seu show, pois agora ninguém reparava mais em mim, enfim, quando passou a bambear feito equilibrista no cabo de aço, saltei da cadeira e fiz minha parte. Dei as costas para a cena e pus o pé na calçada.

Comecei a marcha pela Sunset Boulevard, no sentido das aglomerações de turistas, dos antigos cinemas convertidos em igrejas e lojas de bricabraque. A avenida ia coberta por um fim de sol lilás, o ar mais fresco. Tinha dito a ele que amanhã viajava com Hani, não com Pablo, mas com Hani, só nós duas, por uns dias... Norte ou sul? O Velho Oeste ficava a leste da gente. Por mim, íamos mesmo para o deserto. Ali, aguardaria sinal de Saboia, depois de ele acertar um acordo com Roupa Clara e o coffee bar, para não haver nenhuma queixa do cidadão imigrante, um idoso, coitado. Tipo assim, Look, my friend, el señor Saboia demands bufunfa, okay? E caminhava com isso na cabeça, rindo nervosa, esticando a minissaia que me prendia as pernas.

Hollywood já tinha começado a esfriar. Lembrei que estava sem o dinheiro que devia a Hani, mas tudo valeria a pena se fosse para ajudar no livro sobre Lady Laet. Minha mãe tinha passado por muitas assim. Vai servir de inspiração pra você, Saboia tinha dito. E agora devia estar estrebuchando no chão. Talvez tivesse caído por cima da mão e, com um mindinho desmentido que fosse, enfaixado, a quantia seria ainda maior. Ri sozinha, de novo, ainda com medo do escuro que se espalhava pela vizinhança, imaginando que, se estivesse ali, tiraria uma fotografia dele. Saboia, essa foto é genial, muito genial, do cacete, vamos usar? E lá vinha sua cara transtornada de aporrinhação, com certeza. Que imagem fazemos de nossos piores momentos? A única coisa certa é que ninguém quer aparecer mal, nem na própria agonia. *Eu quero é samba. Eu quero sorte. Eu quero blues.* Em seu último elepê, Lady Laet canta desastres enormes, daqueles que convidamos mesmo sabendo que nos machucam, como fumar ou se jogar no chão apenas para enquadrar um Belo Adormecido, patrocinador cego das artes menores. *É tão bom cantar. Cantar canções de pirata, andar na prancha. Não ser comum. Nem ter medo de bravata.* "Música barata", hino da melhor Neide, era a cara desse meu dia, do bairro de cinema com glamour derrotado, da luz avermelhada que agora baixava, jogando na penumbra a rua, os prédios, eu própria e, lá longe, aceso, o topo das colinas. Por que eu estava assim, tão para baixo? No ruído da tardinha, a música melhorou um pouco as coisas. Lady, doce e acústica, me embalava nos fones de ouvido. *Paloma, Violetera, Feuilles mortes. Saudades do Matão e de mais quem? A música barata me visita. E me conduz. Para um pobre nirvana à minha imagem*. E foi assim, sem mais o coração me latir na garganta, caminhando suada e com frio, que aumentei o volume e segui adiante em legítima MBB rumo a meu pobre nirvana.

Tomei a esquerda na La Brea e estaquei com a luz pálida no rosto. Só então foi que vi. Lá de cima, nas colinas, apontava o letreiro branco, HOLLYWOOD, aéreo e puro, como seria puro se o belo Roupa Clara, desmumificado de seu transe contra meu compatriota, me tirasse para um beijo de verdade e me levasse de carro elétrico para sua casa nas montanhas, detrás do enorme O, qualquer um dos três, no lindo nome luminoso. E então eu, buscando um acordo melhor para mim, com tudo lá em cima totalmente chique, totalmente inútil, na casa dele, casada, americana, afinal iria explicar quem realmente foi a minha mãe e denunciar todas as piores artimanhas de Mr. Saboia.

Lembro demais desse meu primeiro ano de apagão, quando, naquela tarde, de frente para a vistosa placa com o nome da Meca dos filmes, no bairro das estrelas, diante da colina mais cara de todas, começou para mim um período que, fosse eu uma pessoa mais alegre, chamaria, sinceramente, por pura ironia, de meu *momento*, no sentido em que dizem que as estrelas da música, de Hollywood, dos esportes, vivem todos eternamente em seu momento, mesmo depois de ele já ter passado.

Olhando para trás, é possível apressar as coisas para que aconteçam logo, dentro da minha cabeça, a ver se entendo as escolhas que fiz. Aquele tinha sido meu tempo de ouvir a mesma música no repeat do CD, ou no telefone, a mesma novela de Saboia, e, distraída, ir adiante com pressa. Buscava os instantes em que batia aquela sensação estranha, a virada na bateria, uma fala memorizada, o solo da guitarra, a voz alongada numa sílaba solta que me lembrava alguém, enfim, quando a música fica sendo um jeito de se morrer e voltar à vida, seja onde for, no banho, na rua, numa ilha deserta. Ou mesmo no sofá de casa, ao lado de gente com a cabeça ainda mais confusa que a nossa... O tempo, então, pausa, dá meia-volta, puxa o pé da pessoa, e é justo aí que os fantasmas de quem fomos, em dias, meses e anos passados, convocados pela canção, chegam com a força duma pancada de vento. Até parece que o som faz esses instantes voltarem à vida. Mas de fato, nada, nadinha, realmente volta à vida. Nosso coração é que vai longe, querendo roer sombras, o que não deixa de ser um vício. Repetir músicas, vidas, caminhos. Evitar novos amigos. Mira, Lou, lo que tienes es eso, ¡un montón de miedo!, foi o que Pablo me disse depois. Já me chamava só de *Lou*, querendo dizer Lu, e eu achava engraçado, gostava. Quando volto ao ano de minha *estreia* em Los Angeles, sinto que essa foi uma encruzilhada daquelas em que a gente toma uma decisão e de repente a vida muda de vez.

Mas eu não tinha tomado decisão nenhuma, a não ser pelo fato de que, na semana antes da festa, no novo quarto e sala, Pablo tinha me beijado uma orelha. E isso virou meio que um comparativo para o começo de outros beijos que dei e levei. Ele tem a cara larga, a mesma cor que eu. Hani é mais branca, e alta. É linda, e boa de se beijar, mas branca demais, e o pessoal branco envelhece cedo. They get old at twenty-nine, antes dos trinta, pufe, envelhecem. Assim me disse

Anju, a modelo do Senegal que conheci depois de entrar para a agência da fake-grã-fina Daisy.

Na época, Pablo ajudava na mudança, trazendo caixas de roupa da namorada, amiga minha, muy amiga, e ele nem imaginava. Estávamos brigadas por causa de uma meia-calça e de uma combinação que, Hani disse, não se usa a da outra, era como escova de dentes. Mas não vivíamos dormindo juntas, emboladas com minha coleção de bonecas de pano? Ainda não tinha muita coisa só minha, me virava como podia. Pablo tirou a cara feia de Hani por menos, disse que ela tinha uma noção burguesa da vida, vinha do pai, businessman. Fiquei sem jeito. E quem não chora? O que sei é que me arrependi de cair naquele conto do apartamentinho só-nosso, ou seja, de Hani, que era quem tinha renda. E se não tivesse renda, tinha o pai. Los Angeles já era cara. Como ia sair dali se desistisse, para onde iria? Daí me veio Pablo, com suas fuças de cachorrinho dodói e a camiseta fedendo a futebol, de olhos amendoados e cílios longos, segurando uma caixa de papelão de onde brotava o abajur encardido em forma de cara de gato. Daisy, como sempre, tinha chamado Hani de última hora. Então cheguei perto, para o abajur não cair, e entrei na zona do Private Space dele, de Pablo, e ele não fez a menor questão. Deu um passinho para trás, pôs a caixa entre os pés e arriscou outro passo adiante, com a cara larga na minha frente. O abajur ronronou no fofo do carpete, e foi então que nos abraçamos e ele me beijou a orelha. Pablo tem a boca grande. Pensei, e se agora ele vai e chupa minha orelha? Eu morro. Enfim... revirei os olhos, devo ter revirado, e isto ficou sendo um primeiro segredo nosso. Na festa, nos evitamos, e usei o velho Saboia como uma parede de lamentações, onde podia me encostar que Pablo não chegava nem perto. Mataram a carreira dela, morreu a fera, Lu, foi essa frase de mau gosto sobre a minha mãe, metida por Saboia no meio duma risada, que me serviu como um mantra útil para me afastar da lembrança da boca de Pablo. Saboia queria discutir o sumiço de Lady Laet e, mesmo assim, lá ia eu fixada em ser lambida, ali, de frente para o luminoso das estrelas, tempos atrás, na avenida La Brea, em Hollywood, rematando um primeiro ano em LA, enquanto meu amigo rolava no chão do Pink Flamingo tentando tirar dinheiro de Roupa Clara, o cliente mais bom samaritano de todos. Senti uma vergonha do tamanho do planeta.

Ao mesmo tempo, se Saboia ia conseguir uns trocados de Roupa Clara e me dar apenas uma parte disso, então, caso eu mesma fizesse um acordo com o Belo Elétrico, delatando meu amigo, acabava com mais só para mim. Da calçada, onde tinha ido parar sentada numa mureta de condomínio, vi a picape de Pablo dobrando a esquina, e ele também me viu, então me levantei e dei um tchauzinho. Pablo cortou luz e fez o retorno no cruzamento, daí parou rente ao meio-fio à minha frente. Já tinha escurecido. Meu Que-bom-bom Pablito afinal veio mesmo, como disse que viria, se eu precisasse. Bastava mandar a mensagem de texto... *help me virgen de guadalupe*. E foi justamente o que fiz.

Olhei para dentro e ri. Olá, muchacho, eu disse, e subi na cabine da picape, que me pareceu mais velha e maior do que antes. No vidro traseiro tinha o adesivo com uma caveira, de boina, piscando um olho por cima da legenda em volta do brasão UNITED STATES MARINE CORPS.

¿Estás sola?

Quando ouvi, não entendi. Acaso ele achava que eu viria com Hani, ou Saboia, de lado?

Hum, baita confusão, falei. El viejo. Confusión y mucha. All shit, Dios mio… e cobri o rosto. Na época, ainda não sabia direito como falar com Pablo.

Fuck Sabby, ele riu. Às vezes, Pablo chamava Saboia de *Sabby*. Também ri. Então ele deu partida. Não tínhamos nada combinado direito. Pedia para Pablo botar uma música, dar uma chegada no posto, para eu ir ao banheiro? Quanto tempo íamos ficar na estrada? Na cabine, de vidros fechados, foi passando o frio, um frio de quem encarava a noitinha de LA vestindo top e minissaia. Ainda esfregava as mãos nas pernas, me enxugando do chá do Pink Flamingo. Ele esticou um braço por trás do meu assento, puxou dali uma jaqueta verde, de brim grosso cheirando a sabão em barra, e passou o bolo de pano para o meu lado. Eu me cobri, calada, olhando para fora, pela janela da picape.

A Sunset já tinha ficado para trás. Seguimos um longo trecho na rodovia em sentido norte, a estrada passava à beira das colinas, deslizando por cima da cidade e, lá embaixo, também íamos deixando Downtown de lado. O comércio, os jardins acesos, o neon das placas e dos outdoors iluminando marcas famosas, destacando caras sorridentes, lindas, tudo isso antes me impressionava muito, confesso. Tudo parecia mais real do que eu mesma. Seria mais real do que Lady Laet? Sempre pensei que, para Saboia, minha mãe era a coisa mais verdadeira de todas. Daí, talvez, minha ligação com ele, o fazedor de estrelas, cordão umbilical Made in Brazil. *Fuck Sabby...* nunca tinha pensado desse jeito. Se tivesse ligado para o Pink Flamingo e tirado dali, da denúncia de tudo, um acordo melhor para mim, ia lá ter livro sem o apoio de Saboia, sem suas histórias sobre a vida de minha mãe?

O que fez a diferença foi a festa no novo quarto e sala. Naquela noite, depois do samba à moda Sangue de Lucineide, tocava uma música eletrônica escolhida por Hani, ela pagava o aluguel, era justo. Também tinha vindo um pessoal conhecido de Saboia, gente da cena musical de LA. Coincidência ou não, a virada foi a pergunta que fiz, E que tal Lady Laet, hein?

Saboia tinha explicado "Na cabana" e o elepê *Corsário* inteiro, num inglês bem bom. Eu queria saber mais a respeito de minha mãe, saber dos seus conhecidos que estavam ali na festa. O que acham de Lady Laet & Banda Barata, qual o seu preferido? Pintou um silêncio. Não me lembro do nome do rapaz. Pedro? Plínio? Nem do dela. Talvez Samira, ou Sandra, nome com S. Pensava que fazia pesquisa para o livro, Que disco vocês levariam para uma ilha deserta? Qual era a grande canção etc., mas ninguém tinha ouvido falar de Neide Laet nem se lembrava das músicas. E olhem, Pedro e Sandra eram casal brasileiro com registro no Conselho de Cidadãos do Consulado, ao contrário de mim.

Precisei fazer uma revisão de minha vida e assumir o lado B instantaneamente. Entre as armações de Saboia, estava essa vida ignorada de minha mãe, mas ele não queria que eu mencionasse o Mappin nem nada como tailleur, balconista, corista, igreja de São José. Achava que o ângulo sobre a carreira de Lady Laet não era por aí, e pediu que não usasse sumiço e, sim, *assassinato*. Morte mesmo, ponto final. Como assim, assassinato, Saboia? Sem corpo, arma nem suspeito? Perguntei em tom de piada. Ele levou a sério, É, Lucineide. Assassinato de carreira, não foi? Arrasaram com ela.

E cadê o culpado?

Ele não me respondeu. Quase que eu insistia. Saboia não era o grande empresário? A carreira de Neide

Laet estava em suas mãos. Ele fazia ou não os artistas? Primeiro suspeito, então, o mordomo da mãe-estrela. Tive a impressão de que, por ele, íamos pôr de pé uma aparição, espécie de Lady Laet Ghost Singer, assombração musical do ano. E eu era seu trampolim para aquilo tudo. Ou seja. Filha Revive História de Mãe Cantora Assassinada... De mãe cantora sumida, melhor dizendo.

Depois de me apanhar, Pablo guiava sua picape beatificada em alta velocidade, enquanto o mundo ia ficando mais e mais irreal para cima de mim. Ouvíamos uma música dos Rolling Stones, a mesma que Hani tinha colocado na festa, quando exibiu seu comercial preferido. Aquilo tudo passava de novo pela minha cabeça, a turminha de olho no loop com as cenas flutuando no meio do quarto e sala, querendo ver a Hani redux, ela chorando ao volante, olhando para trás, por cima do ombro, em seu comercial, alheia como um peixe de aquário, e depois outra, Hani parada em cima duma longa passarela californiana, ou voando no espaço sideral rumo ao desconhecido, de mãos dadas com o humanoide Bob. E, dias depois, lá ia eu com Pablo correndo a rodovia 10, à noite, ele deixando Hani para trás e eu deixando Saboia, sem nem sequer nos darmos conta de que deixávamos ninguém, e comigo embrulhada numa jaqueta hippie-militar, ouvindo, entre outras, a mesma dos Stones, sentindo era vontade de trocar tudo isso por Lady Laet, para, de novo, dormir embalada por uma voz do passado de Saboia.

Lá fora, ao clarão da noite, Los Angeles largava um ruído surdo, os carros corriam num vaivém entre Downtown, as praias e o deserto. No céu, os helicópteros ziguezagueavam piscando azul e vermelho, e de repente todos os sinais de um planeta sem confiança brotaram para mim, como numa floresta instantânea, de pacote para micro-ondas. Não preciso nem dizer o que aconteceu depois. Paramos num motel, alta noite, e transamos. Yes, we banged. Olé. Hoje sei falar inglês muito direitinho. Y se habla español también. Não riam. Pablo vai morrer de vergonha, ouvindo isso. Só depois fui conhecer Abuelita, avó dele, e só bem depois é que acabamos vindo para cá, onde estamos agora.

Não vi mais Hani nem telefonei para o Pink Flamingo naquela semana sugerindo um acordo para evitar o processo de Saboia contra Roupa Clara e o dono do coffee bar. Aquilo tudo sumiu do meu mapa, junto com a gorda da Daisy e as meninas. Saboia, na sua fúria, na sua tosse e nas longas visitas ao banheiro, dava sinais do que realmente tinha. Estava com a doença dele. Só meses depois é que voltamos a nos ver. E ele já ia mesmo por um fio.

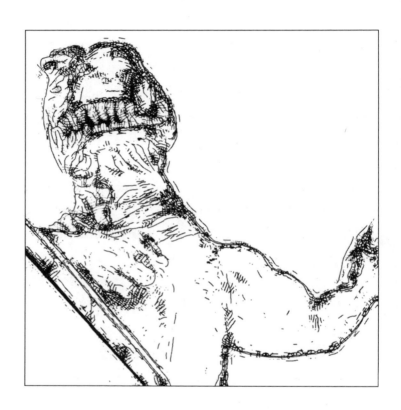

Queria falar um pouco mais daquele momento em que estou diante do letreiro de Hollywood, e que é, para mim, hoje em dia, uma espécie de barragem, triste e linda, mas uma barragem que arrebenta querendo espalhar Lucy Inde-Sky pelo resto da Califórnia e, também, pelo Brasil. Pelo resto da galáxia, eu acho.

Logo depois, na mesma semana, Abuelita tinha dito que eu era uma coisa diferente, ¿No es cierto? Una chica coqueta pero muy padre... Ouvi e não entendi. Daí ela riu e emendou, Una chica chévere. Finalmente, depois do silêncio, Pablo explicou que ela me achava uma moça *buena onda*, o que é mais fácil de se decifrar do que a gíria chilanga da década de 1980, que Abuelita usava como se ainda estivesse no México, em seu bairro de uma era remota e jamais esquecida. Pablo também ficou alegre diante dessa aprovação. É engraçado ver alguém do tamanhão dele aguardando o okay da avó só para poder ser feliz comigo, e já que eu era chévere, de novo we banged. Isso também foi caldo para o derrame daquela barragem de filme que ocorreu no meu longa-metragem de imaginação.

Pois quando fecho os olhos e me ponho de volta na La Brea, em LA, no distante bairro de Hollywood, de frente para o letreiro chique, o seriado que se desenrola na minha cabeça é o de uma grande enchente, uma boníssima onda quebrando por trás das letras, do nome, descendo por cima da cidade, fazendo dela uma lagoa. E, quando ela serenasse, brotaria da lâmina d'água o cocuruto do Godzilla, ele de olhos amarelos pondo a cabecinha para fora e, depois, o corpo todo, soprando suas ventas de fogo por cima da metrópole, queimando o prédio da prefeitura e o da Capitol Records, que parecem foguetes, e queimando primeiro de tudo o restaurante-modelo do aeroporto de Los Angeles, LAX, que também lembra um disco voador. E, dessa hecatombe, Godzilla salvaria quem? As boas almas, é claro. Eu salvaria Abuelita, que me chamava de Onda Positiva, apesar de eu ser meio galinha e sem promessa de encanto, renda nem diploma de faculdade. Apenas eu, boa para seu neto, neta refeita, futuro da família. Valeu, Abuelita. Godzilla concordaria, com certeza salvaríamos a velhinha. O lagarto Vale Quanto Pesa é para mim uma espécie de meia-irmã. Somos parecidas até nas unhas verde-musgo, neutras, e na longa cauda que causa tanto estrago. Aliás, lembro às amigas que Pablo veio atrás disso porque quis. E a verdade é que de vez em quando ainda nos unia a saudade de Hani.

Enfim. Eu salvaria Abuelita, em caso de hecatombe. Quanto à minha avó, a própria que nem cheguei a conhecer direito, ela lia vidas de chicas gringas y coquetas para minha mãe, a pequena Neide Laet. Vinha daí a cadeia de histórias e canções que as mulheres da família contavam umas às outras, histórias feitas por lobos bobos e ponto final. A merda de sempre. Lady Laet deveria ter sido, na opinião de Saboia, uma dedada no fundilho masculino, dedada oculta, anônima, em veludo Godzilla. Mas no das mulheres também, Saboia disse. Em todo mundo, segundo ele. Pensava nisso enquanto Pablo dirigia sua picape rumo à cidadezinha que ele queria me mostrar. Tiramos dois dias de lua de mel sem planos nem esperança, só mesmo o deserto à frente. Pois a barragem estava seca, íamos ao sertão do Mojave, uma grande poça de areia do tamanho do Paraná, aguar os cactos, por assim dizer, enquanto Saboia seguia no chão lá atrás, e Hani, por sua vez, tinha ficado completamente no ar.

Essa minha primeira escapada para fora da órbita de Saboia, a punhalada que lhe dei nas costas, eu mesma dei buscando, acho, uma coisa que Pablo também queria na época. E era, pura e simplesmente, o seguinte. Um rumo para além das festinhas de Hani, dos arranjos perversos de Daisy, da pressão do livro sobre minha mãe. E por que não admitir tudo?

Queríamos um novo herói. Pelo menos no meu caso, herói no sentido animal, ou extraterrestre, pois eu já tinha Lady Laet à disposição para me ajudar a enfrentar, de unhas pintadas, o mundo barbado de ontem e de hoje. Então, de fato, quem seria essa boa criatura, um Roupa Clara da vez, ou ET, que vencesse os agentes da imigração e me botasse no colo, como Godzilla ou King Kong, que botou no colo a linda mocinha loura de sua própria história? Quem?

Sinto muita falta de Saboia. De verdade, sinto mesmo. Acabei dedicando meu livro a ele. Nas suas últimas semanas, nas mais difíceis, quando já parecia uma vara de pesca ligada por um anzol no peito a uma bomba de quimioterapia, brigava com os bichos vizinhos por conta do cheiro que espalhavam pelo condomínio. Tomei conta de Saboia num dois quartos rés do chão que ele próprio tinha para o lado do vale de San Fernando, em Van Nuys, perto do high school onde estudou Marilyn Monroe. Ao mesmo tempo, Hani foi desaparecendo e reaparecendo para mim e para Pablo, com sua cara de vez em quando estampada em banners de propaganda para confecções, empresas de telefonia e clínicas odontológicas. E Saboia, numa cama de hospital, falava que eu já sabia tudo o que ele jamais soube a respeito de minha mãe. Mentira. Só consegui escrever o livro depois de desistir da ideia de fazer o que ele queria, foi um longo percurso. Em troca, para que não me enchesse a paciência, eu passava o vídeo que Pablo fez com Hani. As cabines com as reduções ficaram sendo dele.

Esse pervertido exótico agora é seu, filha, pode relaxar, Saboia adorava falar assim. Pablo ajudava no transporte para a clínica, chegou a carregar meu amigo nos braços, e a ligação deles começou aí. É engraçado, mas senti falta dos ciúmes que Saboia fingia ter de mim. Naqueles últimos dias, ele de vez em quando me chamava para que voltássemos ao tempo de antes, Vamos tomar chá de gengibre e ver putaria?

O chá era para os seus enjoos e a putaria, para a fadiga. Era, também, putaria contra meu tédio. Passávamos o vídeo na tevê da sala.

Durante um tempo fiquei com isso me incomodando. Hoje, tenho outra coisa na cabeça. Se havia brotado em mim a memória de noites com Hani e Pablo, cada qual num tempo à parte, eu com ela, eu com ele, um com o outro, pode ser que na cabeça de Saboia também tivesse pintado cenas de outras eras, não apenas as da Hani, ali presente, refeita no computador, mas alguém real, significante, significativa. Neide Laet, por exemplo. Talvez a falta de ar dele, no instante do vídeo, tenha tido mais a ver com as feições dessa outra época, gente montando palco, afinando guitarras, tocando canções utópicas enquanto enrolavam cigarrinhos e compondo letras, talvez brindando a um novo solo de Mão de Gato. De repente, me dei conta de que fazia tempo que não ouvia nada de Lady Laet e isso só me atolou ainda mais num buraco que eu própria já tinha cavado fundo.

Sobrou para mim, agora, o resto dos restos. Coisa boa é lembrar da animação de meu amigo diante dos álbuns de minha mãe, de episódios de seu passado brasileiro e desses vídeos porcos de Hani.

Adoro, adoro!

Hoje, sinto saudades de ouvir Saboia assim, com todos os cabelos na cabeça, livre de seus enjoos e dos saquinhos de plástico para quando passava mal, rindo entre longas golfadas azedas. Não sei se posso usar aqui, na frente de todas vocês, as palavras mais pesadas. Câncer, fuck *you*, fazer amor, we banged, putzgrila, zap the fucker… Talvez nenhuma de vocês vá me entender, mas foi assim mesmo que tudo começou. E já que me pediram que falasse, achei que deveria falar. Quando meu livro saiu, mostrei um exemplar a Saboia e disse que afinal ia fazer um evento em São Paulo, aqui no Brasil. Ou seja, na época, *lá* no Brasil. E ele, já pesando meio quilo, me olhou fraquinho, Não disse que um dia você voltava com sua mãe debaixo do sovaco? Putz, cê tá é refazendo Lady Laet, Lu. Não é pouca bosta, não… Daí apertou minhas mãos dentro das dele. Mas *apertou* é um modo de dizer. Começamos a chorar. Odeio chorar. Você é muito emotiva, precisa ver isso, filha. E eu, na hora, de volta, Ó, vai sífu, Sabby…

Na semana seguinte, meu amigo voltou ao hospital. Arrumando para ele uma bolsa, encontrei o álbum. Numa das fotos, estou nos braços de Saboia, ainda pequenininha. As cores estão desbotadas. Ele não era careca. Tinha cabelos até os ombros, num rabo de cavalo castanho-avermelhado lembrando tintura acaju. Só que não era tintura acaju coisa nenhuma. Era o jovem Saboia, com a mesma cara da foto em que minha mãe vai deitada no colo de quatro homens sentados num sofá branco. Devo ter uns três ou quatro anos ali, nos braços do empresário musical que fazia estrelas e foi parar em É Lei. E hoje me pergunto uma última coisa. No instante dessa foto, por onde andava Lady Laet?

Encontrei no velho baú várias cartas ainda de seu tempo com minha mãe e, também, uma mais recente, que a vizinha boçal tinha nos mandado depois que me mudei para a casa dele. Essa foi outra etapa, a última, por assim dizer, do nosso lindo show ao vivo, meu com Saboia, na inacreditável América. Diz ela o seguinte, essa vizinha, na sua carta tão bisonha.

... Prezada Lucy. É com tristeza que lhe escrevo esta para expressar o que acredito ter sido um comportamento inadequado da parte de seu pai. No sábado passado, às 11 da manhã, ele entrou na minha propriedade sem ser convidado, atravessou o jardim e, sem se apresentar nem se desculpar, veio até a porta e começou a me agredir verbalmente, na frente da minha filha e de um convidado que estava visitando LA. Seu pai exigiu *ação imediata* de minha parte a fim de manter nosso gato, um angorá perfeitamente branco, fora de seu apartamento. Fiquei chocada. Por coincidência, o gato estava naquele instante com minha filha, que veio até a porta testemunhar o que aconteceu depois. Foi horrível. Admiti ter recebido mensagem dele, de seu pai, na semana anterior, e disse que, embora tentemos manter o animal dentro de casa, minha filha, de seis anos, inadvertidamente abre uma janela ou porta para brincar lá fora e, ato contínuo, sai o bicho. Foi o que aconteceu no sábado. Mas seu pai levantou a voz, balançou os braços e, com os olhos injetados, me perguntou por que eu ia querer um animal de estimação se não passava tempo com ele. Expliquei que o gato é livre, anda por onde quiser. Este é um país livre. Uma de-mo-cra-cia. Seu pai argumentou que nosso animal passava mais tempo na varandinha de vocês do que aqui em casa. De novo, levantou a voz e seguiu perguntando, várias vezes, *Por que um animal de estimação? Pra que animal de estimação?* Tudo isso na frente de meu convidado e das crianças. Para nossa surpresa, seu pai alegou que ele era mais dono do gato do que nós mesmas...

Na época, essa vizinha da carta biscateava como corretora. Já havia deixado um panfleto na porta de Saboia, interessada em comprar seu apartamento naquele condomínio perto da casa dela. De que vale tudo isso agora? Se tivesse dinheiro, teria enterrado meu amigo ao lado de Marilyn Monroe, no Memorial Park. Com certeza, ele merecia converter o apuro imobiliário numa noite eterna com a afabilíssima loura, e em zona nobre, como uma dedada nos fundos da ridícula corretagem. Depois de um tempo, a gringa se mudou do bairro de Saboia. Então, de novo me pergunto, que diferença fez essa carta, os ânimos alterados, a inimizade entre gente vizinha, Saboia na janela tomando remédios na calada duma raiva imensa... Quando faleceu, botei para alugar o apartamento dele, criei coragem e vim para cá, com Pablo.

... falei que seu pai não tinha o direito de entrar em minha propriedade para vir me dar lições de moral. Numa atitude extremamente cruel, ele se dirigiu à minha filha. *Se o gato de vocês aparecer lá em casa, não sei o que faço.* Seu pai se comportou como um tolo, queixando-se de um bicho que, segundo ele, arranhava suas telas e urinava nas almofadas de fora, e fez isso na frente de uma menina de seis anos. Ela ficou aflita. À noite, mal dormiu. Agora quer manter o gato, que aliás tem nome e se chama Mr. Kennedy, trancado no banheiro, com medo de que o velhinho estrangeiro leve ele embora. Chorou e disse ao pai, meu marido, que tem gente que pensa que ela não ama o próprio bicho de estimação. Então lhe faço a pergunta que tanto me incomodou durante o fim de semana. Que tipo de pessoa é seu pai? Que tipo de vizinho invade a privacidade de uma família para usar esse tom na frente de uma criança? A alegação de que Mr. Kennedy não passa de um agressor barato de tapetes e assentos é absurda. Desde que Kenny se juntou à nossa família, ninguém jamais, *jamais*, se queixou dele...

Em memória de Saboia, na festa de despedida que fizemos, pedi que Pablo colocasse o disco de Lady Laet e passasse, de novo, como tínhamos feito três anos antes, o loop mostrando o vídeo do humanoide sortudo. No momento crucial, quando Hani aparece expansiva, num close-up encarnado, originando o mundo em censura dezoito anos, disse que Pablo congelasse a imagem e deixasse ali, ao lado da foto que a funerária tinha escolhido com o rosto de Saboia. Eu mesma alimentava a conta-gotas minhas memórias dela, de Hani, tão referida pelo meu amigo. Depois, botamos a carta ridícula para tocar, numa gravação que fiz do disparate da vizinha e que Pablo pôs em forma de rap, tal como estou fazendo aqui, para todas vocês, ao vivo, nesta live de hoje.

... ando empenhada em manter Mr. Kennedy dentro de casa. Agradeceria seu apoio, Lucy. Se ele voltar à sua varanda, mostre que não é bem-vindo. Não lhe dê comida, tal como seu próprio pai admitiu ter feito. E já que vocês nos deram conselhos sobre como lidar com nosso animal de estimação, aqui vai um para seu pai. Use uma mangueira para espantar os bichos, bata com os pés no chão, grite e agite os braços, como ele próprio fez, quando nos visitou sem ser convidado. Tudo isso conseguiu assustar duas crianças e três adultos. Tenho certeza de que causaria boa impressão num gato castrado...

Segundo Mão, em entrevista sobre suas guitarras e arranjos, hoje as palavras não importam mais pra nada. O que vale é vídeo. Acontece que o som fica, não fica? Já a fama, não. Estou plenamente de acordo. Fiz daquele blog de Bob Mathis, *Son of an Old Song*, uma versão minha e que algumas de vocês já devem conhecer. *Filha duma Canção Antiga*. Também vem desse mesmo blog, onde postei a carta da imbecil, o trecho do livro que vou ler daqui a pouco.

... sou mulher que trabalha. Tenho tempo, meios e apoio para buscar reparo na lei. Nosso visitante, que presenciou o evento, está disposto a assinar um depoimento confirmando o que viu. Para sua informação, uma cópia desta vai ser registrada em cartório, a fim de que o advogado que me representa possa tomar medidas cabíveis, no caso de esse incidente infeliz voltar a acontecer. Por favor, informe a Mr. Zaboyan, seu pai, a respeito. Estou sendo franca, Lucy. Estou lhe pedindo. Deixem. Mr. Kennedy. Em paz!

Ouviu, Mr. Zaboyan? *Em paz.* É para chorar de tanto rir. Pablo disse que os gringos confundem libanês com armênio e ucraniano, ou com qualquer outro que tenha cara de turco, como Sabby. Brasileiro, então, que parece com todo mundo... Pouco tempo depois do incidente, eu e Saboia líamos a carta em voz alta, tomando sorvete no intervalo a cada duas semanas entre as sessões de quimioterapia, quando a língua e os dedos dele doíam menos. E de novo, tome gargalhada. Nessas ocasiões, de volta ao apartamento, ele de vez em quando me pedia para botar para tocar aquela de minha mãe sobre a pior memória do planeta. A canção passava enquanto desfolhávamos fotos, cartas e letras inéditas, inclusive em inglês, puxadas do fundo de um baú repulsivo, de palha puída, que ele tinha no quarto atrás da cama. A última que quis ouvir foi "Amor corsário", faixa-título do elepê. *O que encanta é o mastro do navio. Apontar nossa estrela. A lua no fundo da lagoa. Remexer poeira. O grande elefante branco. Guardar pra sempre. A pior memória do planeta.* Na gravação, minha mãe repete o bordão a-pior--memória-do-planeta várias vezes, e a cada volta sua voz, ferida pelo volume maior, sai granulosa e mais gritada. Lady, na fase final, tinha ficado rouca.

A partir daí as coisas começaram a piorar. Foi ideia minha o epitáfio de Saboia. ELE FEZ GRAÇA. Só poderia ter sido isso. Fico emocionada falando dele. Enfim. Agora, uma última, antes de encerrar esta de hoje. Da janela do quarto andar, na sala da clínica de infusão, tínhamos a vista do vale de San Fernando. Um dia, ele me perguntou uma coisa.

Lucineide, filha, está vendo aquele estouro lilás?

Saboia apontou a copa florida de árvores espalhadas entre os tetos das casas e dos prédios mais baixos, e outras, em verde-claro, mais longe. Era fins de maio.

Sabe o que é aquilo, Lucy Inde-Sky?

Falei que não tinha a menor ideia.

São jacarandás, boba. Plantaram um monte, faz tempo. Ainda na década de 1950. Los Angeles está cheia. E você não tinha nem noção... putz.

Pablo na época só queria saber de cactos. Também tínhamos uma galinha que, eu acho, nunca pôs nenhum ovo na vida. Os jacarandás ficaram sendo, para mim, a cara de Sabby, el Mr. Zaboyan. Estão ali, como ele próprio estava, estourando em púrpura, majestosamente equivocados fora de sua terra. Já aqui, em São Paulo, desde que voltei ainda não vi nenhuma árvore dessas, tampouco nenhum lobisomem. Será que ainda encontro?

Quando penso na novela em CDs que eu tanto ouvia naquele tempo, fico imaginando por que Saboia nunca perguntou, realmente, minha opinião sobre a história. Nunca tivemos uma conversa a respeito. E por quê? Meu inglês foi melhorando. Falávamos do Brasil. Anju ganhou a cidadania americana e, então, puxei o assunto de novo. Era o final do meu segundo ano em LA. Saboia desconversava. Enterramos isso e as sessões de debate sobre as baladas de Lady Laet.

Então, fui me acostumando a caminhar pelos bairros de Que-bombom Pablito, procurando jacarandás entre Downtown e os subúrbios, por onde corre o rio Los Angeles, e também a correr com ele, com o próprio Pablo, como ele faz, tranquilo, sem pressa, nós dois curtindo memórias de Hani. Gosto, sim, de lamber minhas feridas. Fiquei péssima depois que Saboia faleceu. Para me alegrar, fomos ver o lançamento do foguete que subiu levando um jipe robótico até Marte. Pablo andava juntando as cabines que tinha feito com as meninas, inclusive comigo e Irina, numa coleção das reduções, para contar nossa história, ele disse. Quando o foguete rasgou a atmosfera, saltando adiante da velocidade do som, soou o estrondo, como uma imensa piñata de barro estourada a cabo de vassoura, e no céu azul purpurado da tardinha californiana ficou pintada a figura dum balão esguio, feito de nuvens que pareciam tule ou algodão-doce puxado para fora do palito. Aos poucos o vento ia levando isso embora, e não me aguentei. Caí no choro. Pablo disse, vendo minha reação àquilo, lá no alto, Oye, el futuro ha llegado muy tarde, ¿no? E assim foi que começou esta etapa da vida que levo agora. Ali mesmo iniciamos a conversa sobre vir para o Brasil. A impressão que tenho é a de que vivi quarenta anos em quatro. E sobre a minha encarnação de antes, com Dom Sabby, só posso dizer que vivemos uma vida honesta. Errando, claro, e muito. Até demais. Mas errando honestamente.

Daqui a pouco, depois da leitura do trecho que separei para hoje, vamos ter tempo para perguntas no chat e para falar sobre essas coisas, além de outras. Isso se vocês quiserem. E se estiverem mesmo interessadas, cliquem nos comentários a esta live e vão ver um rodapé, *hord-a-peh*, logo abaixo, com a versão em inglês de meu texto. Quem disse que não sou atual, ou chique? Depois, Pablo vai botar música e o trecho do livro para tocar, logo em seguida. Aliás, ele está aqui ouvindo tudo e se escondendo atrás do meu laptop. Vou pedir que toque uma do *Aposta* e a que mencionei antes, "Amor corsário". Fica sendo minha homenagem à turminha do sofá branco.

Tu tocas, guapo? Ele está dizendo que sim... Obrigada, Mr. Pila Coyote. ¡Muchas gracias!

E todas vocês ficam mesmo, para ouvir? Que ótimo. Agora vou ler, okay? Então, lá vai.

Um álbum para Lady Laet.

É claro. Começa assim, ...Para Saboia, que me ensinou a voltar... Vou ler parte do começo e parte do final. Okay?

Lá vai.

O tempo das grandes canções já tinha passado. Aos treze, Neide Laet bebia, fumava e sentia que era profunda na escadaria da praça Ramos. Mortenson não era seu pai. As colegas também lhe diziam que ele era para ser o seu pai, mas não era. Mortenson era o pai de Marilyn Monroe. Uma vez, a pequena Neide mostrou à mãe a foto de um senhor alto e magro, ruivo, de terno cinza, bigode fino, e perguntou, "É ele?". O homem se parecia com Clark Gable, e sua mãe sorriu, confirmando. Mas as duas sabiam que aquele não era nenhum ator. Era mesmo Mortenson, o pai de Marilyn.

No registro de adoções do condado de Los Angeles, a mãe da futura estrela americana batizou a filha com o sobrenome do segundo marido. Marilyn rejeitou a filiação. Preferia, quando jovem, o nome de seu primeiro padrasto, Baker. A pequena Neide pode ter apanhado o detalhe em casa, lendo e ouvindo na cama, antes de pegar no sono, fatos da vida de estrelas americanas. Na infância, circulava nos aniversários e festas de família uma história parecida, sobre os pais de Marilyn e o de

Neide, história às vezes contada pelos vizinhos e, outras, pelas próprias amigas da escola.

Quase todas as grandes cantoras de rádio nos ensinam a mesma lição. Dirce di Falco, ídolo da jovem Neide, cujo modelo foram as vozes da Kosmos e da tevê Excelsior, costumava se deixar fotografar apenas de olhos fechados, o queixo erguido e a boca entreaberta diante do microfone Zenith com quatro hastes em forma de diamante. Na melhor fase, a estupenda Neide moldava sua imagem a dedo, escolhendo o ângulo das fotos, um repertório à antiga, os escândalos que ela própria confirmava nas páginas de Sétimo Céu. *E embora nem sempre tenha sido uma diva fixada nos ritos do sucesso, houve um instante em que alcançou o topo e exibiu seu talento na companhia de quem havia chegado lá há tempos. Todas já ouviram falar do que as estrelas chamam de seu momento, quando, desejando ir além, reinventam quem são. O momento de Neide não chegou a ser propriamente um desses. Teve, sem dúvida, brilho intenso, mas foi de quilate muitíssimo outro.*

Como diz um crítico paulistano a respeito da jovem Neide, "Quem começa magrinha, polindo-se em coro protestante, jamais vai abocanhar um país cuja carne é o Carnaval". Na adolescência ela era chamada, em

*família, na Vila Maria Zélia, de menina esquisita, e
isso certamente pelos cabelos cor de ferrugem em volta do
rostinho pálido, óculos largos e os cachos despenteados, as
pernas finas. "Cambitos, venha comer", sua mãe lhe dizia.
Neide crescia comendo o que um salário de balconista no
Mappin deixasse a mãe comprar.*

*Na época, quem virasse à esquina da Nove de Julho,
rumo à praça leste, cruzando por baixo da longa mar-
quise de concreto, iria encontrar, no balcão, ao centro do
piso térreo, a ilha com espelhos e frascos em redor de uma
mulher trajando tailleur cinza e blusa de gola verde.
Era a mãe de Neide. O estande de maquiagem oferecia
amostras grátis de sombra, ruge e batom. Recém-lotada
no setor, aplicando de cortesia os tons da estação, a mãe
de Neide Laet reinava das oito às dezoito horas num
pequeno oásis espelhado com promessas de autoestima.
"Leve, querida, é por aí o caminho do sucesso..." Mas
essa mãe tinha chegado grávida a São Paulo.*

*Neide nasceu na semana prevista, a trigésima nona, de
parto natural no Hospital das Clínicas. Na época, Matt
Bo Grady já era um tipo mítico. Foi, sem dúvida, o ídolo
da balconista no ano da sua barriga. Porém, há duas
espécies de iluminados, os de onda e os de gênio. E os
que ora se moldam pelos seus ícones, como garotos que*

copiam o penteado dos craques, moças posando para um espelhinho de bolso, explicam-se uns pelos outros. São frutos de uma mesma espécie. Querem imitar suas estrelas. Quando os olhos pousam na grandeza, as mãos buscam fazer uma cópia, é natural. A pequena Neide se vestia com modelitos da fase limpa de Matt Bo Grady, muito embora este, segundo a crítica atenta, não tenha passado de um imitador menor de Elvis. Nisso seguia longo rol, pois são muitos os duplos do Rei.

Assim mesmo, Bo Grady tirou do peito da mãe de Neide pancadas fortes e, com elas, lágrimas amassadas num lenço rendado, coleção Mappin. E tamanho gesto deveu--se, apenas, a uma balada dessa época de tanta dureza, "Never love again", da genial Dusty Springfield.

Afinal vingou o esforço da mãe em frente a seu balcão, a verve no coro da igreja batista, o molde do pop tosco em Matt Bo Grady. São esses os verdadeiros traços da inconfundível voz de Neide Laet. Mas foi "Cidade irresoluta", o hit maior de sua carreira, que lhe rendeu o título de Lady em matéria consagradora da revista Manchete. *"Musa e bandeirante", a publicação carioca estampou em capa com foto.*

Em janeiro, Los Angeles se parece ainda mais com o mês de junho em São Paulo. Lady se preparava para ir à Califórnia gravar um primeiro CD, quinta e última produção do seminal Jorge Luís Saboia, com letras em inglês, numa parceria entre ambos. "Redheaded lighthouse", ruivo farol, nem sequer chegou a ser gravada.

Father was really a frustrated actor.
Mother would find him making faces,
clowning, doing a jig with his Lady.
Taking a very serious part in a play.
Always speaking with one arm raised
dramatically, she said.
A redheaded lighthouse.
Dramatically she said,
this redheaded lighthouse.

Passado o tempo, a maioria já se esqueceu dos fanzines do ano. Num aceno a outras épocas, o álbum se chamaria Lady Sings the City. *Mas entre as que chegaram a compacto, "Cidade irresoluta" por quê? Nas palavras da canção, vejamos o que irresoluto quer dizer. É o que ainda não foi resolvido, aberto, ansiado, prestes a, solúvel apenas no fim, estado pendente, na ponta da língua, limbo ou eterna espera, retardo que aguça a urgência, bem como, é claro, no vulgo, cruel cemitério dos corações.*

Os dias vazios e iguais
andam pela cidade.
Mas no ano passado,
na cabana do pai Tomás,
vivi duas semanas de felicidade.
Duas semanas, só duas vivi fora da cidade.
Na cabana do pai Tomás, olha aí
gente, ê pai, os dias vazios e iguais.
Eu quero samba e eu quero a sorte,
eu quero é blues.
Eu quero é samba. Eu quero sorte.
Eu quero blues.

Eis o irresoluto dessa cidade. Aí está o bairro da jovem Neide, a Vila Maria Zélia, com a casa dos batistas posta diante da capela de São José. Seu hábito de erguer a voz, de queixo baixo, nos graves, até o brilho de olhos ao alto, nos agudos, estilhaçando uma sílaba de túmulo, corsário ou arranha-céu, vem do apreço pelo gospel e da imagem de uma Marilyn suburbana, malcomportada em sua metrópole.

Na viagem à Califórnia, Lady beijaria, como muitas ainda beijam, a lápide da loura Monroe? Provavelmente, sim. Ela sempre imaginou que ambas fossem meias--irmãs apartadas no tempo, filhas do mesmo pai. Mas não houve ocasião para tanto. Como diz uma canção recente, Depois de tanto verbo. A pessoa morre. *Matamos Lady Laet, nossa voz indiscreta, ou melhor, para ser justo com essa estrela, não há dúvida de que ela própria quis consumir-se, só e exclusivamente, apenas aqui, amando LA nas grandes vilas e subúrbios de São Paulo.*

com gratidão a Cláudio Muniz Machado, Clélia Donovan,
Elaine Bridge, Eliane Robert Moraes, Ernesto Raposo,
Fernando Paixão, Joselia Aguiar, Luara França, Luciana Veras,
Marcelo Ferroni, Patrícia Lino, Raquel Barreto,
Schneider Carpeggiani, Vivaldo Santos

ESTA OBRA FOI COMPOSTA PELA ABREU'S SYSTEM EM ADOBE GARAMOND PRO
E IMPRESSA EM OFSETE PELA LIS GRÁFICA SOBRE PAPEL PÓLEN BOLD DA
SUZANO S.A. PARA A EDITORA SCHWARCZ EM JULHO DE 2022

A marca FSC® é a garantia de que a madeira utilizada na fabricação do papel deste livro provém de florestas que foram gerenciadas de maneira ambientalmente correta, socialmente justa e economicamente viável, além de outras fontes de origem controlada.